KB020595

天下第一

천하제일

ORIENTAL FANTASY STORY & ADVENTURE

장영훈 신무협 장편소설

3

천하제일 3

초판 1쇄 인쇄 / 2014년 3월 14일
초판 1쇄 발행 / 2014년 3월 21일

지은이 / 장영훈

발행인 / 오영배
책임편집 / 편집부
펴낸 곳 / (주)삼양출판사 · 드림북스

주소 / 서울특별시 강북구 솔샘로67길 92
대표 전화 / 02-980-2112 팩스 / 02-983-0660
편집부 전화 / 02-980-2116 팩스 / 02-983-8201
블로그 / blog.naver.com/dreambookss

등록번호 / 제9-00046호
등록일자 / 1999년 3월 11일

값 9,000원

ISBN 978-89-542-5424-3 (04810) / 978-89-542-5421-2 (세트)

* 지은이와 협의하에 인지는 생략합니다.
* 잘못된 책은 구입한 곳에서 바꾸어 드립니다.

이 도서의 국립중앙도서관 출판시도서목록(CIP)은 서지정보유통지원시스템 홈페이지(http://seoji.nl.go.kr)와
국가자료공동목록시스템(http://www.nl.go.kr/kolisnet)에서 이용하실 수 있습니다.
(CIP제어번호: 2014008400)

天下第一

천하제일

ORIENTAL FANTASY STORY & ADVENTURE

장영훈 신무협 장편소설

3

dream books
드림북스

天下第一
천하제일

차례

第一章
연회풍운

天下第一

강호인에게 연회란 지극히 정치적인 행위이다. 사람을 불러 술이나 마시고 노는 것 같지만, 그 흥청거리는 연회장 어디에선가는 새 사람을 소개하고, 중요한 약속이 오고 가고, 밀담이 이뤄지는 것이다.

물론 오늘의 연회에도 그것을 잘 알고 활용하는 이들이 참석해 있었다.

그들은 섬서의 이화운에게 먼저 다가가 악수를 청하고, 큰 웃음으로 그의 기분을 맞춰 주었다.

맹주의 귀빈으로 와 있는 상황에서 전각주를 죽인 범인을 추살한 큰 공을 세운 그였다. 이제 그에게는 '친하게 지내서 손해 볼 것 없는' 이라는 수식어가 붙은 것이다.

섬서의 이화운은 능숙하게 사람들을 접대했다.

"하하하. 그럼 즐겁게 즐기다 가십시오."

그는 이런 일에 익숙한 듯 능숙하게 사람들을 접대했다. 고기도 먹어본 놈이 잘 먹고, 사람도 많이 만나본 이가 잘 다룬다고, 이화운은 사람을 대하는 데 아주 능수능란했다.

멀리서 사람들 사이에서 웃고 있는 그를 보며 설수린이 말했다.

"저 사람을 보고 있으면 왠지……."

그녀가 말꼬리를 흐렸다. 함께 추영이 앉아 있어 솔직한 심정을 밝힐 수는 없었다.

"준비된 사람 같아. 오늘을 위해 준비된 사람. 네가 보기에는 어때?"

설수린의 물음에 전호가 어깨를 한 번 으쓱하며 대답했다.

"제가 뭐 사람 볼 줄 아나요?"

옆에 추영이 있음에도 그는 솔직했다. 전호는 굳이 이런 일에 허세를 부리지 않았다. 성격이기도 했고, 또 그는 잘 알았다. 남녀 관계에서 허세는 전혀 도움이 안 된다는 것을. 그 관계를 제대로 잘 해보고 싶은 상대라면 더욱이.

"이럴 때는 단주님이 계셔야 하는데요."

"잘 대비하고 계실 거다."

자신이 찾아가서 의심스럽다고 그렇게 강조를 했으니.

설수린이 이번에는 이화운에게 물었다.

"당신은 어때요?"

"뭐가?"

"저 사람 말이에요."

이화운이 섬서의 이화운을 쳐다보았다.

“난 잘 모르겠군.”

짤막하게 대답했지만 속내는 그렇지 않다는 것을 그녀는 알았다. 자신의 눈에 이렇게 거슬리는데, 이 똑똑한 사람이 그걸 몰라볼 리가 없지.

그도 분명 섬서의 이화운을 의심하고 있을 것이다. 어쩌면 이미 상대를 파악하고 있을지도 모르지. 아, 나도 모르겠다. 머리 쓰는 일은 단주님이나 이 사람이 알아서 하겠지.

설수린이 다시 고개를 돌리는데 추영이 자신을 쳐다보고 있었다.

여자만이 알아볼 수 있는 어떤 의미심장한 눈빛이었는데, 그녀가 묻고 있었다. 옆자리의 이화운을 좋아하는 것이 아니냐고. 이화운을 쳐다보는 눈빛이 다르다고 생각한 모양이었다.

“전 돈 많은 남자 좋아해서요.”

설수린의 농담에 추영이 풋 하고 웃었다.

그때 뒤에서 들려온 말소리.

“즐거우신 것 같습니다.”

어느새 섬서의 이화운이 일행이 있는 자리에 다가와 있었다.

“설 소저께서 와 주셔서 영광입니다.”

순간 설수린의 마음이 차가워졌다.

기어코 내 이름도 알아내셨다, 이거지?

물론 이런저런 소문에 시달렸던 자신의 이름 정도 알아내는 것은 아무 일도 아니었겠지만, 왠지 기분이 좋지 않았다.

그런 내심을 감춘 채 설수린은 미소를 지으며 말했다.

"멋진 연회군요."

"좋게 봐 주시니 감사하오."

예전이었다면 아마도 한마디 쏘아붙였을 것이다. 바쁘실 텐데 아녀자 뒷조사까지 다 하셨다면서.

하지만 이화운을 만난 이후 그녀는 조금 달라졌다. 본성이 달라졌다기보다는, 이화운을 통해 그의 침착함을 배운 것이다.

이화운은 항상 침착했다.

그는 행동으로 말하는 것만 같았다. 어떤 일이든 당황하고 흥분한다고 해결되는 것은 전혀 없다고.

그래, 쓸데없는 곳에 심력을 소모하는 것은 어리석은 짓이리라.

미운 놈에게 떡 하나 더 주는 마음으로 참자.

섬서의 이화운이 자리에 앉으며 앞에 놓인 잔을 설수린에게 내밀었다.

"무림맹 최고의 미녀분께 한 잔 받을 영광을 주시겠습니까?"

아! 그 떡, 목구멍에 콱 걸려 버려라.

정말이지 이 사람은 왜 이리 마음에 안 들지?

술이야 전호에게도 잘 따르고, 신화대 수하들에게도 잘 따랐다. 여인이기에 앞서 강호인이었다. 술 한 잔쯤이 아니라 백 잔도 따라줄 수 있었다.

하지만 왠지 이 사람에게는 싫었다.

딴에는 미녀란 말을 하면 자신의 기분이 좋아질 것으로 생각했겠지만, 전혀 아니올시다였다.

그냥 설 대주님, 한잔 주십시오, 했으면…… 아니다. 그래도 싫었겠지.

눈치 빠른 전호가 재빨리 술병을 들어 대신 따랐다.

"뵙게 되어서 영광입니다."

그 행동이 달갑지 않은지 섬서 이화운의 말이 곱지 않았다.

"자넨 항상 설 대주를 따라다니는 것 같군."

"보시다시피 워낙 미녀라서요. 날파리가 많이 꼬이죠."

잘했어, 전호! 역시 내 오른팔답다.

섬서 이화운의 한쪽 볼이 살짝 떨렸으나 이내 그가 웃으며 설수린에게 말했다.

"하하하, 정말이지 설 대주님은 강호제일미라 불리셔도 손색이 없으실 겁니다."

"과분하신 말씀이세요."

눈앞의 이 이화운을 조사하러 온 자리지만, 특별히 수상한 점은 보이지 않았다.

그때 음악 소리가 커지면서 와아 함성이 터졌다.

남녀 무인 둘이 나서서 연회장 한옆에 마련된 무대에 올라 검무(劍舞)를 추기 시작한 것이다.

일반인 남녀들이 연회에서 함께 춤을 춘다면, 강호인들은 함께 검무를 췄다. 검무란 함께 검을 휘두르며 춤을 추듯 검술을 발휘하는 것을 말했다. 남녀 둘이서 추는 검무부터, 수십 명이 단체로 추는 검무까지 그 종류는 다양했다.

보통 연회장에서 남자가 여자에게 검무를 신청하는 것이 일반적이었고, 여자는 남자가 마음에 들면 신청을 받아주었다.

"저와 함께 검을 나누지 않으시겠습니까?"

섬서 이화운이 정중히 설수린에게 권했다. 대부분 연회의 개최자가 권하는 검무는 받아주는 것이 일반적인 연회의 예의였다.

원래 검무 추는 것을 좋아하지도 않는데, 거기다가 섬서 이화운과 함께하는 검무라고? 제아무리 연회 개최자라고 하지만, 정말 내키지 않았다.

그래서였을 것이다. 자신도 모르게 이런 말을 내뱉어 버린 것은.

"죄송하지만 전 이미 신청을 받았어요."

그러면서 그녀가 이화운을 쳐다보았다.

아, 미안해요. 하지만 저 사람하고는 정말 검무를 추고 싶지 않아서요.

두 사람의 시선이 허공에서 얽혔다.

괜히 제가 무리한 부탁을 하는 건가요?

그녀의 눈빛에 미안함이 담겼다. 그러고 보니 이곳 연회에도 오기 싫어했던 사람인데. 사람들 앞에서 검무를 추자는 것은 그에게 실례되는 행동이란 생각이 뒤늦게 들었다.

그냥 싫어도 한 번 어울려 주고 말 것을. 내심 당황한 마음이다 보니 그렇게 대답이 나와 버린 것이다.

검무 상대가 전호였다고 속 보이는 거짓말이라도 해야 하나 하던 그때, 이화운이 자리에서 일어나며 전호에게 말했다.

"검을 좀 빌려주겠나?"

"얼마든지요."

전호가 웃으며 검을 건네주었다.

설수린의 표정이 환하게 밝아졌다.

고마워요.

반면 섬서 이화운의 표정이 확 굳어졌다. 아무리 예의 있는 듯 행동했지만, 지금의 이 불쾌감만큼은 감추지 못했다.

그를 뒤로한 채 이화운과 설수린이 무대로 나왔다.

앞서 검무를 추던 남녀가 내려오자, 두 사람이 무대로 올라갔다. 아름다운 그녀가 무대로 올라오자 모두 눈을 반짝이며 집중했다.

설수린은 검무를 좋아하지 않았다. 오래전에 한두 번 춰 본 것이 전부였다.

하지만 이화운과 함께 검무를 춘다고 생각하니 마음이 떨렸다.

설수린이 이화운에게 전음을 보냈다.

『저 검무는 잘 못 춰요.』

『나도 그래.』

『어떻게 하죠?』

『내가 따라갈 테니까. 편하게 해.』

설수린이 가볍게 심호흡을 했다. 차라리 사람들 앞에서 비무를 하라고 하면 하나도 떨리지 않을 것이다.

새로운 음악이 흘러나왔다.

설수린이 천천히 검을 앞으로 뽑았다.

일단 검을 뽑고 몸을 움직이자, 그녀는 마치 한 마리의 나비가 꽃밭을 노니는 듯 무대를 누비기 시작했다. 그녀는 순식간에 모두의 시선을 사로잡았다.

이화운과 비교해서, 또 근래 워낙 강적들이 많이 출현해서 약한 듯

보였지만, 그녀 역시 절정에 이른 무공 실력을 지니고 있었다.

이윽고 이화운이 뒤따라 움직이기 시작했다. 그는 부드럽고 가볍게 그녀의 움직임에 호응했다.

처음에는 보조를 맞추다가 점차 그녀의 행동을 따라 움직이자, 두 사람의 동작은 같아졌다. 이윽고 얼마 지나지 않아 마치 연습을 해서 짠 것처럼 두 사람은 한 몸처럼 움직였다.

보는 사람들은 '와!' 하는 느낌이었지만, 설수린의 느낌은 달랐다. 바로 옆에서 본 이화운의 검술은 정말이지 특별했다.

자신의 행동을 따라 하고 있었지만, 그것은 따라 하는 것이 아니었다. 오직 설수린만이 그 행동이 단순한 모방이 아님을 느끼고 있었다.

자신의 검술은 그의 검 끝에서 재창조되고 있었다.

정식 초식이 아니라, 가볍게 보여주기 위한 여흥에 불과한 움직임의 모방임에도 그 한 수 한 수가 달랐다. 하지만 일부러 뭔가를 보여주려 하는 것이 아닌 그냥 자연스러운 동작이었다.

아! 이것이 바로 실력 차이구나.

음악이 최고조에 이르면서 검무도 극에 다다랐다. 마치 몇 달은 연습한 것 같이, 두 사람은 완벽한 검무를 보여 주었다.

지켜보던 추영이 감탄했다.

"아름다워요."

전호가 웃으며 그녀에게 말했다.

"다음 연회에는 저희도 한번 하죠."

추영의 얼굴이 붉어졌다.

"네."

작은 목소리로 대답했지만 분명 그것은 네라는 대답이었다. 그녀를 바라보는 전호의 얼굴에 기쁜 미소가 지어졌다. 설수린이 봤다면, '너, 진심이구나!' 란 말을 했을 그런 미소였다.

이윽고 음악이 멈추고 검무가 끝났다.

지켜보던 이들이 일제히 함성을 지르며 손뼉을 쳤다.

두 사람이 그들에게 인사를 하고 무대에서 내려와 자리로 돌아왔다.

전호가 엄지를 치켜들며 감탄했다.

"죽여줬어요."

"암, 누가 춘 건데."

섬서의 이화운도 그때까지 자리에 있었다. 그가 웃으며 박수를 쳐주었는데 입만 웃고 눈은 웃지 않는 어색한 웃음이었다.

"멋진 검무였소."

"감사해요."

"그럼 즐겁게 놀다 가시지요."

섬서 이화운이 자리에서 일어나 다른 사람들 자리로 갔다.

자리에 앉고 나서도 그녀는 가슴이 떨렸다. 그와 함께 검무를 춘 것이 꿈만 같았다.

다음 순간이었다.

쉬이잉! 푸욱!

칼바람 소리와 함께 살이 찢기는 소리가 들렸다.

모두 깜짝 놀라서 바라보니 사내 하나가 섬서 이화운의 배에 검을 찔러 넣고 있었다.

퍽!

섬서 이화운의 일장에 기습을 가한 사내가 뒤로 날아갔다. 섬서 이화운의 배에서 피가 흘러내렸다.

다시 사방에서 네 명의 사내들이 그를 공격했다.

부상을 당했음에도 그의 몸놀림은 보통이 아니었다. 잽싸게 검을 빼서 반격했다.

쉭쉭쉭쉭!

달려든 네 사내가 동시에 쓰러졌다.

또 다른 사내들이 달려들었다. 섬서 이화운과 그들이 뒤엉켰다.

창창창창창!

워낙 순식간에 일어난 일인 데다가, 사방에서 암습자들이 나서는 바람에 그곳에 있던 사람들은 어떤 행동을 취하지 못했다. 모두 주위를 경계하며 싸움을 지켜보고만 있었다.

설수린 역시 마찬가지였다. 하지만 아무리 미운 자라고 해도 합공을 당하는 것을 두고 볼 수만은 없었다.

그녀가 뒤늦게 나서려는 순간, 이화운이 그녀의 팔목을 잡았다.

"어?"

깜짝 놀라 그를 쳐다보았지만, 이화운은 그녀의 팔목을 잡은 채 그저 장내의 상황을 지켜볼 뿐이었다. 나가지 말라는 의지가 팔목을 잡은 손에서 강하게 느껴졌다.

당신이 나서지 말라면 그래야죠.

그녀가 침착한 마음으로 상황을 지켜보았다.

그 사이 기습을 가한 자들은 모두 쓰러졌다. 하지만 섬서의 이화운도 무사한 것은 아니었다.

처음 배를 찔린 상처가 컸고, 이후에 어깨와 허리도 부상을 당했다.

그런 부상에도 그는 난리 통에 다쳐서 쓰러진 사람을 일으켜 주었다.

"괜찮으십니까?"

"네, 전 괜찮습니다."

말이 끝나는 순간.

파아앙!

가죽 북이 터지는 소리가 들렸다.

섬서의 이화운이 뒤로 퉁겨져 날아가 탁자를 부수며 쓰러졌다.

다친 척 쓰러져 있던 사내는 바로 밀왕이었다. 그가 내지른 일장에 적중당한 것이다.

"크크크크!"

그가 득의만면의 웃음을 지었다.

죽여야 할 대상인 섬서의 이화운이 연회를 연다는 소식에 그는 내심 쾌재를 불렀다.

무림맹 인근에서 삼십 명이나 되는 숫자가 몰려다니면 금방 눈에 띌 것이다. 한데 연회라면 수백 명이 모일 테고, 자연스럽게 그들 사이로 잠입할 수 있을 것이라 여긴 것이다. 하늘이 자신을 도왔다고 생각했다.

몸을 일으키며 섬서 이화운이 그를 보고 소리쳤다.

"밀왕?"

밀왕이란 말에 모두 깜짝 놀랐다. 그때까지도 적극 개입하지 않았던 무인들이 일제히 검을 뽑아들었다.

"물러나시오!"

섬서의 이화운이 자리에서 일어나며 그들을 향해 소리쳤다.

"상대는 극히 위험한 자요. 내게 맡기시오!"

그는 모두의 안위를 진심으로 걱정했다. 아니, 걱정하는 척했다. 그는 섬서 이화운이자, 동시에 사호였으니까.

오늘의 연회는 바로 밀왕을 끌어들이기 위한 자리였다. 삼십 명의 수하를 붙여주면 반드시 연회에서 암습할 것이라는 삼호의 예상은 적중했다.

쇄애애애앵!

밀왕의 장력이 허공을 찢으며 날아갔다.

섬서의 이화운이 검을 내질렀다.

쾅!

허공에서 폭음이 터져 나왔다. 두 사람이 몇 걸음 뒤로 주르륵 밀렸다.

그때 기회를 엿보던 무인 하나가 밀왕을 기습했다.

"어림없다!"

밀왕이 벼락처럼 몸을 돌리며 달려들던 무인을 향해 주먹을 내질렀다.

쇄애애앵.

엄청난 위력의 장력이 무인을 향해 날아들었다. 최후를 예감한 사내가 눈을 질끈 감았다. 바로 그 순간!

꽝!

누군가 장력 앞을 막아서며 검을 내질렀다. 다시 몸을 날려 막아선 섬서의 이화운이었다.

푸욱!

장력을 해소한 그의 검이 계속 날아가 밀왕의 가슴에 박혔다.

"크윽!"

무거운 비명을 내지르며 밀왕이 두 눈을 부릅떴다.

뭐라 말을 하려는 순간, 섬서 이화운이 검을 깊숙이 박았다. 두 눈이 뒤집어진 밀왕은 그대로 절명했다. 그의 명성에 비하면 덧없는 죽음이라 할 수 있었지만, 사실 그것은 치밀하게 계획된 죽음이기도 했다.

섬서 이화운이 검을 뽑았다.

파아아아!

가슴에서 피 분수를 일으키며 밀왕이 자리에 쓰러졌다. 그를 내려다보는 섬서 이화운의 시선은 더없이 차가웠다.

그리고는 이내 섬서 이화운이 그 자리에 쓰러졌다.

"이 공자!"

"이 공자가 쓰러지셨다!"

사람들이 그에게 몰려들었다.

그 모습을 지켜보던 설수린이 나직이 말했다.

"저 표정, 본 적 있어."

그가 시체를 내려다보던 그 차가운 표정은 바로, 예전 그를 떠올린 장면에서 보았던 그 표정이었다. 비를 맞으며 서 있던 때의 표정.

그래, 저 얼굴이 저 사람의 본질이야.

설수린이 이화운을 돌아보았다. 장내의 상황을 지켜보는 그는 여전히 자신의 팔목을 잡고 있었다. 그녀의 팔을 잡고 있다는 사실을 잊고 있는 것 같았다. 뭐, 알아서 놓겠지. 그녀는 자신이 먼저 팔을 빼지 않았다.

사람들에게 업혀 건물로 들어가는 섬서의 이화운을 보며 그녀는 고개를 갸웃했다.

한데 저 사람, 다른 사람을 구하기 위해 몸까지 날렸어. 내가 저 사람을 잘못 본 것일까?

* * *

다음날 섬서의 이화운은 영웅이 되었다.

사도칠왕 중 하나인 밀왕을 없앤 것만 해도 대단한 일이었는데, 그 싸움 과정에서 무림맹 무인을 지켜주기 위해 몸을 던지기까지 한 것이다.

게다가 누군가의 입에서 그가 패왕까지 죽였다는 사실까지 알려지자 그야말로 그는 일약 정파 강호의 영웅으로 급부상했다. 소식을 전해 들은 사람들은 모두 그에 관한 이야기를 했다.

맹주전에서도 그에 관한 이야기가 오가고 있었다.

"이 공자가 기습을 받았다고?"

천무광의 물음에 제갈명이 공손히 대답했다.

"네. 밀왕이 공격했다고 합니다. 그와 함께 삼십여 명이 함께 합공을 했고요."

"사도칠왕이 또 나섰군."

"패왕의 죽음에 대한 복수로 보입니다."

"그럴 수 있지."

천무광이 고개를 끄덕였다. 밀왕과 패왕이 제법 친분이 있다는 것은 두 사람도 익히 아는 바였다.

"이 공자는?"

"치명적인 부상은 피했다고 합니다."

"다행이군."

"그는 단 하루 사이에 일대 영웅으로 떠올랐습니다. 특히 젊은 무인들이 열광하고 있다고 합니다."

"요즘 같은 시대에 신진 영웅이라. 나쁘지 않지."

"그렇긴 합니다만. 덕분에 그는 더욱 수상해졌습니다."

설수린이 찾아와서 섬서 이화운이 수상하다고 강조하지 않았다 하더라도, 두 명의 이화운을 예의주시하고 있던 차였다. 한데 공교롭게도 이번 밀왕의 일이 겹친 것이다. 의심을 받던 차에 이런 일이 생긴다? 제갈명은 절대 우연을 믿지 않는 사람이었다.

"정말 밀왕이 복수를 한 것일 수도 있지 않나?"

천무광의 말에 제갈명이 미소를 지으며 되물었다.

"정말 그렇게 생각하십니까?"

그러자 천무광이 피식 웃으며 대답했다.

"물론 아니네."

천무광과 함께 웃고 있었지만 내심 제갈명의 머릿속은 복잡했다.

만약 섬서 이화운이 놈들과 연관이 있다면?

'그렇다면 놈들은 패왕에 이어 밀왕까지 동원했단 말인데? 그것도 버리는 패로 밀왕을 동원했다?'

제갈명은 정말이지 믿기 어려웠다.

"혹시 마교에서 나선 것은 아닌가?"

천무광의 의심은 합당한 것이었다. 마교나 사파가 아닌데 이렇게 강력한 단일 세력의 출현은 정말이지 믿기 어려웠으니까.

"그런 징후는 없습니다."

제갈명이 확신에 찬 대답을 했다.

새로운 적이 출현한 후, 그들에 대한 촉각을 곤두세우고 있었다. 하지만 사파나 마교와의 관련성은 전혀 발견하지 못했던 것이다.

"일단 그를 계속 예의주시하게."

"알겠습니다."

천무광의 지엄한 명령을 받은 후 제갈명이 맹주전을 나섰다.

굳이 맹주에게는 이야기하지 않았지만, 왠지 마음이 찝찝했다. 섬서의 이화운이 수상하면 수상할수록, 마음속 깊은 곳에서 의구심이 피어올랐다.

아직은 그것이 어떤 것인지 알 수 없었다. 자욱한 안개 속에서 뭔가 웅크리고 앉아 자신을 노려보고 있는 그런 느낌이었다.

*　*　*

"그렇다고 사호님에 대한 의심이 지워지지는 않았을 겁니다."

그가 밀왕을 해치우고 일약 영웅이 되었다는 보고를 받았을 때, 육호가 품은 생각이었다. 일의 진행이 너무 순조롭기에 오히려 더 걱정스러운 마음이 든 것이다.

육호의 걱정에도 여전히 삼호는 고기를 손질하는 데 여념이 없었다.

"군사께서 제갈명을 손바닥 위에 올려두고 조종하신다지만, 그래도 그는 무림맹의 총군사입니다. 어쩌면 이번 일로 더욱 수상하다고 여길지도 모를 일입니다."

삭삭삭.

삼호는 변함없는 정교한 손놀림으로 칼질을 마무리했다. 한옆에서 손을 씻으며 그녀가 말했다.

"물론 그렇겠지요."

그녀가 한옆에 걸린 커다란 천에 손을 닦으며 덧붙여 말했다.

"내가 그래서 이번 일을 꾸몄다고 생각하나요? 사호의 의심을 벗겨 주려고?"

"아닙니까?"

"그랬다면 애초에 의심이 들지 않게 시작했겠지요."

"……!"

깜짝 놀란 육호가 떨리는 목소리로 물었다.

"설마 일부러 그를 의심하게 한 것입니까?"

삼호가 긍정의 미소를 지었다.

"대체 왜요?"

"덕분에 모든 의심과 관심이 그에게 쏠리고 있잖아요?"

순간 육호는 깨달았다.

이번 계획의 핵심이 사호가 아님을.

'오호구나!'

섬서의 이화운이 이목을 집중하고 있는 사이, 전각주가 된 사도명이 진짜 음모를 꾸미고 있는 것이다.

삼호가 의미심장한 미소를 지으며 말했다.

"미끼도 좋고, 좋은 자리도 차지했어요. 이제 대어를 낚는 일만 남았지요."

*　　*　　*

"정말 밀왕이 패왕의 복수를 하러 온 것일까요?"

설수린은 창가에 턱을 괸 채 기대서 있었다. 창밖에서 그녀의 말을 듣고 있는 사람은 이화운이었다.

"그는 어제 일로 완전히 영웅이 되었어요."

"그렇군."

"그런 태평스러운 반응을 보일 때가 아니라고요. 당신 이름을 쓰는 다른 사람이 영웅이 되었다고요."

"그렇군."

"어휴. 내가 못 말리지. 한데 어쩐 일이세요?"

그러자 이화운이 황당해하는 표정으로 물었다.

"거긴 우리 집인 것 같은데?"

설수린이 있는 곳은 바로 이화운의 집이었다.

"아, 그랬나요? 문 안 잠그고 다니면 도둑 들어요. 귀한 물건도 있으신 분이."

귀한 물건이란 이화운이 바닥에 숨겨둔 검을 의미했다.

그러고 보니 그 검은 잘 있나 모르겠네. 그 무시무시한 검.

"이미 든 것 같은데?"

"어디요?"

그녀가 주위를 둘러보는 시늉을 하자, 이화운이 피식 웃었다.

그가 문을 열고 안으로 들어왔다.

"히히, 미안해요. 왔는데 안 계셔서. 문은 열려 있고. 한데 어디 다녀왔어요?"

"필요한 것이 있어서."

이화운의 손에 들린 것은 몇 가지 요리 재료였다.

"직접 요리를 하시게요?"

"중경에 있을 때는 하루 두 끼는 내가 직접 해 먹었지. 한 끼 정도만 객잔에서 먹고."

"저도 밥 안 먹었는데."

그녀가 배시시 웃으며 말하자 이화운이 조리대에 재료를 올려놓으며 말했다.

"먹고 가."

깜짝 놀란 설수린이 눈을 가늘게 떴다.

"사람이 너무 변하면 안 좋은 징조라던데."

"무슨 뜻이야?"

"당신 이렇게 친절한 사람 아니었잖아요."

"그땐 지금보다 안 친했잖아."

너무 대수롭지 않게 대답해서 오히려 그녀는 말문이 막혔다.

"지금은 친한가요?"

"밥 한 그릇 대접할 정도는 되는 것 같은데."

"시비들은요?"

"돌려보냈어."

왠지 그 어린 것들이 돌아갔다니 안심이 되었다.

이화운이 한옆에서 요리를 시작했다.

그의 도마질 소리를 듣고 있자니 기분이 차분해졌다. 요즘 부쩍 이화운과 함께 있으면 마음이 편안해지는 것을 자주 느낀다. 정말 그의 말대로 그만큼 친해진 걸까? 그녀는 자신의 감정을 정확히 알 수 없었다.

"요리는 누구에게 배웠어요?"

"배운 적 없어. 하다 보니 몇 가지 정도 할 수 있게 된 거지."

"기대되는데요?"

"적어도 당신이 해 준 것보다는 낫겠지?"

"제가요? 제가 언제요?"

"벌써 잊었군."

"아!"

그제야 그녀는 예전에 중경에서 그에게 직접 요리를 만들어 갔던 일을 떠올렸다. 객잔 숙수에게 잠깐 배워서 만들어 갔었다.

"그 일을 기억하고 있었군요."

"당연히. 그 맛없는 것을 어찌 잊겠어."

하긴. 저 머리 좋은 양반이 그걸 어찌 잊었을까?

그때만 해도 그에 대해 사적인 감정이 전혀 없을 때였다. 그래서 요리를 해준 것조차 잊고 있었다.

"인정해요. 솔직히 요리해본 적이 많지 않아서요."

그녀는 무림맹에 들어온 이후 제대로 요리를 해본 적이 거의 없었다.

사실 그녀뿐만 아니라 무림맹에 들어온 대부분의 미혼 무인들이 그러했다.

그들은 무림맹 내에 있는 전용객잔에서 밥을 사 먹었다. 무림맹에서는 무인들을 위해서 아주 싼 가격으로 식사를 팔았다.

하지만 그것도 몇 년 먹으니 질렸고, 그녀는 대주가 된 이후에는 바깥 객잔에서 주로 식사를 해결했다. 이 객잔, 저 객잔 돌아가면서 먹는데도, 바깥 밥을 먹는 일은 참으로 고역이었다. 집밥이 너무나 그리운 것이다.

하지만 해먹는 습관도 안 되어 있고, 요리 실력도 형편없다 보니 계속 바깥 밥만 먹어온 것이다.

먹고 살자고 하는 일인데, 먹는 것이 이렇게 고역이니.

그녀가 한숨을 내쉬었다.

그러는 사이 이화운이 요리를 완성했다. 국과 밥, 몇 가지 간단한 채소 요리였다. 그 짧은 시간에 뭘 이리 많이 만들었을까, 절로 감탄이 들었다.

"헐. 이걸 방금 다 한 거예요?"

"간단히 한 끼 때우자고."

국을 한 입 떠먹은 그녀가 깜짝 놀랐다. 간단히 때우자란 표현은 맞지 않았다.

"와! 맛있어요."

다시 그녀가 다른 요리를 먹었다. 절로 엄지가 치켜들어졌다.

"와! 죽이는데요?"

음식은 진심으로 맛있었다. 객잔에서 먹었던 그 어떤 음식보다도 맛있었다. 담백하다고 할까? 건강해지는 기분이 들었다.

"객잔 차려도 되겠는데요? 정말이지 당신 못하는 게 뭐죠?"

"못하는 것 많지."

"예를 들면요?"

"……."

설수린이 장난스럽게 말했다.

"마음을 여는 것? 마음속에 있는 말을 남에게 하는 것?"

민감한 부분일 수 있어서 그녀는 내심 조심스러웠다. 다행히 이화운은 피식 웃어주었다.

"자, 먹자고요. 잘 먹겠습니다."

그녀는 국은 물론이고 밥을 두 그릇이나 비웠다.

"아! 배부르다."

"잘 먹었다니 다행이군."

"정말 최고로 잘 먹었어요. 치우는 것은 제가 치울게요."

"아니, 됐어. 오늘은 내가 하지."

이화운이 직접 그릇을 치우고 씻었다.

"고마워서 노래라도 한 곡 불러드려야겠는데요?"

"노래 잘하나?"

"들으면 그 자리에서 녹아버릴걸요?"

"괴로워서?"

"하하하. 또 듣지 못해서 괴롭겠지요."

어렸을 때는 참 노래 부르는 것을 좋아했던 그녀였다. 하지만 바쁘게 살다 보니 노래 부를 일이 없었다. 아주 가끔 술을 진탕 마셨을 때, 한 번씩 부르곤 했다.

언젠가 전호가 우연히 그녀의 노래를 들었는데, 정말 잘 부른다며 침을 튀기며 말했다. 아부였는지 정말 그런지는 알 수 없었다.

"그런데 한 가지 궁금한 점이 있어요."

"뭐지?"

"어제 왜 말렸죠? 제가 도와주려고 나섰을 때, 당신이 말렸잖아요."

"자작극이니까."

"뭐라고요?"

설수린이 깜짝 놀라 눈을 치켜떴다. 그 엄청난 말을 너무 대수롭지 않게 해서 잘못 들은 줄만 알았다.

그에 반해 이화운은 더없이 담담했다. 그가 씻은 마지막 그릇을 한 옆에 올려놓으며 돌아섰다.

"그는 어제 같은 편을 죽였어."

그녀는 깜짝 놀랐지만, 한편으론 자신의 예감이 맞았다는 생각이 들어 어떤 희열이 느껴졌다.

"역시 그는 나쁜 놈이군요."

그녀가 떨리는 목소리로 묻자 이화운은 고개를 한 번 끄덕였다.

"처음부터 알고 있었나요?"

"아니."

"그럼 어떻게 아셨죠?"

"처음 그가 검에 찔렸을 때의 모습을 기억하나?"

"네."

"우수검인 상대가 우측에서 찔러 들어왔어. 한데 그는 왼쪽 배를 찔렸어."

"그게 무슨 말이죠?"

이화운이 직접 시범을 보였다. 우측에서 가상의 검이 날아 들어오는 것을 그가 피했다.

"이렇게 회전하면서 피하면 검을 등 뒤로 흘려내면서 상대를 처리할 수 있었을 거야."

"그런데 그는 반대로 피했죠."

"그래서 왼쪽 배를 찔렸지."

"……일부러 찔려준 것이군요."

이화운이 고개를 끄덕였다.

"실수는 그뿐만이 아니야."

"네?"

"밀왕과 싸웠을 때, 그는 또 한 번 실수를 저질렀어."

"뭐죠?"

"당신은 밀왕의 독문무공이 무엇인지 아나?"

물론 그녀는 알지 못했다. 밀왕은 모든 것이 비밀에 둘러싸여 있었으니까.

"그는 순간적으로 온몸을 강철처럼 단단하게 만들 수 있어."

"철포삼(鐵布衫) 같은 것인가요?"

철포삼은 쇠로 만든 옷을 입는 것 같이, 온몸을 단단하게 만드는 외공(外功)이었다.

"비슷하지. 하지만 일반적인 철포삼보다 훨씬 강력한 무공이야. 정확한 약점을 알아내지 못하면 일반 검으로는 절대 부술 수 없으니까."

"아! 한데 그는 정확히 그 약점을 찔렀군요."

"그래. 그는 밀왕의 무공에 대해 정확히 알고 있었지. 그게 과연 우연일까?"

설수린은 침을 꿀꺽 삼켰다.

"정말 그는 같은 편을 죽였군요."

"그래."

"왜죠? 의심에서 벗어나기 위해서인가요?"

"그럴 수도 있고……."

이화운이 말꼬리를 흐렸다.

"아닌 경우는 뭐죠?"

그녀의 물음에 이화운은 고개를 내저었다.

"아직은 나도 잘 모르겠군."

그녀는 다시 한 번 두려운 마음이 들었다. 상대는 저 똑똑한 사람도 짐작할 수 없는 일을 꾸미는 자들이었다.

"이제 어떻게 하실 작정이시죠?"

"그가 왜 이곳에 잠입했는지 구체적인 목적을 알아내야지."

"어떻게요?"

"지금까지처럼."

"무슨 뜻이죠?"

"둘이서 조사해서 해결하는 거지."

둘이서란 말이 기분 좋게 들렸다. 잠시 이화운을 응시하던 설수린의 입가에 미소가 번졌다.

"그래요, 까짓, 우리가 해결하자고요!"

내친김에 강호도 구해버리자고요.

이 사람과 함께라면, 정말이지 그 어떤 어마어마한 일도 해낼 수 있을 것 같으니까. 어떤 일에도 희망적인 기운을 주는 사람이었으니까.

第二章
만리추종향

天下第一

이화운과 설수린이 섬서 이화운의 숙소를 찾았을 때, 그곳은 사람들로 북적대고 있었다.

그날 있었던 무인들은 물론이고, 그를 한 번이라도 보기 위해 수많은 사람이 병문안을 온 것이다. 숙소 주위는 호위대 무인들이 철통처럼 지키고 있었는데, 방문한 사람들이 너무 많아서 결국 대주급 인사 이상만 면회를 허용했다. 그조차도 한참 순서를 기다려야 한다고 했다.

"저놈이 어떤 놈인지 알지도 못하면서."

설수린이 고개를 내저었다. 정말이지 강호에서 소문의 힘이란 어마어마했다. 지금 이 순간에도 그에 대한 소문은 점차 살이 붙어서 퍼져나가고 있을 것이다.

"이렇게 되면 놈의 정체를 제대로 밝혀내지 못할 경우 오히려 우리가 당하겠는데요?"

"그렇겠지."

"이제 우리가 해야 할 일은요?"

"당신이 그를 만나야지."

"제가요?"

이화운이 고개를 끄덕였다.

"한 가지 해 줄 일이 있어."

"오! 드디어 제 미모를 활용할 기회가 왔군요."

"그가 당신을 마음에 들어 하는 것 같더군."

기분 나쁠 수 있는 말이었지만 설수린은 전혀 개의치 않았다. 이화운의 본심에 나쁜 의도가 전혀 없음을 잘 알았기 때문이었다. 오히려 섬서 이화운이 그런 감정을 가진 것을 알아봐 줬다는 것이 기뻤다.

상대의 본심을 안다는 것. 정말 쉽지 않은 일이다. 본심을 안다는 것은 상대를 진심으로 믿어야 가능한 일이었으니까.

적어도 지금 이 순간, 그녀는 이화운의 본심을 느끼고 있었다. 그래서 그녀도 본 마음을 그대로 전했다.

"위험에 빠지면 구해주실 거죠?"

이화운이 고개를 끄덕였다. 그것으로 충분했다. 수백 마디 말보다, 이화운의 고갯짓 한 번이면 충분했다. 이번 일은 제갈명에게도 알리지 않고 진행하는 것이었다. 나중에 제갈명이 알게 되면 섭섭해할지도 모를 일이었다. 아니, 틀림없이 섭섭해할 것이다.

인간관계란 것이 참으로 힘들다는 생각이 들었다.

"만나서는요?"

"한 가지만 해주면 돼."

"맡겨주세요."

"일단 면회 신청을 해두고 와. 그 전에 함께 갈 데가 있어."

"어디요?"

"가 보면 알아."

"알겠어요. 잠깐만 기다리세요."

설수린이 입구로 가서 면회 신청을 했다. 입구의 무인이 두 시진은 기다려야 한다고 했다.

"정말 영웅 났네요, 영웅 났어."

설수린이 푸념하며 이화운을 따라 그곳을 벗어났다.

*　　　*　　　*

반 시진 후, 이화운은 저잣거리를 벗어난 변두리로 빠져나갔다. 무림맹 본단 서쪽에 위치한 그곳은 전체적으로 가난한 빈민가가 형성된 곳이었다. 두 사람은 마른 개가 짖어대는 스산한 좁은 길을 나란히 걸었다.

"여기 와 본 적 있어요?"

이화운은 헤매지 않고 곧장 이곳까지 온 것이다. 과연 그는 이곳이 초행이 아니었다.

"있지. 예전에 사형을 따라와 본 적이 있어."

"둘째 사형요?"

"아니, 대사형."

"아, 그렇군요."

아마도 그때는 모든 사형제들이 친했던 시절이었을 것 같았다.

"대사형은 어떤 분이셨어요?"

"단호하고 냉철하고. 무공도 강하고. 마음먹은 일은 꼭 해내는 그런 사람. 강호의 일이라면 모르는 것이 없었지."

그것만 들어도 왠지 어떤 사람인지 조금은 알 것 같았다. 사실 설수린은 그런 부류의 사람을 좋아하지 않았다. 왠지 인간미가 없다고 할까? 그런 사람과 함께 있으면 편하지 않았다.

물론 완벽하다는 측면에서는 이화운도 마찬가지였지만, 그는 좀 달랐다. 이화운에겐 분명 인간미가 느껴졌으니까.

"여기도 대사형이 알려준 곳이지."

두 사람이 골목길 안에 있는 허름한 건물로 들어섰다.

입구에는 사내 하나가 의자에 앉아 있었다. 그냥 봐선 기녀들에게 돈이나 뜯고 다니면 어울릴 파락호였는데, 이곳이 특별한 곳이라 생각하고 보니 보통 사내가 아니었다.

고수다!

설수린은 적어도 그가 자신과 비슷한 실력이란 것을 알아차렸다.

대체 여기가 어디기에 저런 고수가 입구를 지키고 있는 것이지?

그녀는 무림맹에서 평생을 지내 왔음에도 이런 곳이 있는 줄 모르고 살았다. 참으로 강호는 넓고도 넓은 곳이란 생각이 새삼스럽게 들었다.

"무슨 일로 왔소?"

"돈으로 살 수 없는 것을 사러왔소."

이화운의 대답에 사내가 자리를 비켜줬다. 아마도 이화운이 했던 말이 이곳을 통과하는 암어인 모양이었다.

두 사람이 문을 열고 들어섰다. 제법 큰 방에 온갖 물건들이 가득했는데, 사방 벽과 장식장, 그리고 난간 등에 물건이 진열되어 있었다. 도검 같은 병장기부터 무복이나 장삼 같은 의류, 여인들의 노리개, 화분이나 그릇까지. 그야말로 온갖 잡화가 다 있었다.

그 복잡한 곳 구석에 노인 하나가 혼자서 바둑을 두고 있었다. 설수린은 노인의 실력을 단번에 알아보았다.

저 늙은이도 고수다!

입구를 지키던 자보다 그는 훨씬 더 고수였다.

"송가야, 손님 왔다."

노인이 소리치자, 안에서 중년 사내 하나가 나왔다. 잠에서 막 깼는지 머리가 부스스했다.

"뭘 사시려고?"

사내가 귀찮다는 듯 퉁명스럽게 물었다. 그런 태도가 오히려 그를 범상치 않은 인물로 보이게 했다.

"일단 이 물건부터 팝시다."

이화운이 물건을 꺼냈다.

그것은 바로 폭천우와 불사용린포였다.

그것을 보자마자 중년 사내가 눈을 휘둥그레 떴다. 물론 이화운이 그것을 팔러 온 것을 몰랐기에, 설수린도 내심 깜짝 놀랐다. 두 물건은 수천 냥이 될지, 수만 냥이 될지 모를 물건들이었다.

자연스럽게 이어진 하나의 의문.

그렇다면 이 허름한 잡화상에서 이런 엄청난 물건을 소화해낼 수 있단 말인가?

중년 사내는 한눈에 그것을 알아본 것 같았다. 물건을 살피는 그의 태도가 아주 신중했다. 특히 폭천우를 살펴볼 때는 아주 조심스러웠다. 허름한 잡화상 주인장이 신비상회(神秘商會)의 회주로 바뀌는 순간이었다.

잠시 후 그가 진지한 표정으로 말했다.

"둘 다 진품이구려. 알다시피 이런 물건들은 부르는 것이 값이라서. 생각해 두신 가격이 있으신가?"

그러자 이화운은 망설이지 않고 대답했다.

"이십만 냥."

돈과 관련해서는 어지간하면 더 놀라지 않을 그녀였지만, 생각지도 못한 액수에 깜짝 놀랐다. 아, 이십만 냥이라니. 대체 어느 세상 돈 단위인가?

중년 사내가 노인과 전음을 주고받았다. 가격에 관해 이야기를 나누는 것 같았다.

잠시 후 중년 사내가 말했다.

"좋소. 이십만 냥에 사겠소."

설수린은 깜짝 놀랐다. 강호에는 별의별 신기한 일들이 있는 곳이라지만, 이런 허름한 곳에서 이런 엄청난 거래가 일어나다니? 이것들아! 이십만 냥이 뉘 집 애 이름이냐!

"대신 돈을 구할 시간을 좀 주셔야겠소."

"그 수고를 덜어주겠소."

"무슨 뜻이오?"

"필요한 물건이 둘 있소."

이화운의 말은 일 차로 물물교환을 하고, 나머지 차액을 계산하자는 뜻이었다.

"필요한 것이 무엇이오?"

"우선 비역(費役)의 만리추종향."

순간 중년 사내가 깜짝 놀랐다. 잠시 이화운을 쳐다보던 그가 나직이 물었다.

"비역의 만리추종향에 대해 아는 사람이 드문데."

궁금함을 참지 못하고 설수린이 물었다.

"대체 비역의 만리추종향이 뭐죠?"

만리추종향에 대해서는 그녀도 알고 있었다. 용도는 이름 그대로였다. 상대의 몸에 발라 그 냄새로 멀리까지 상대를 추적할 수 있었다.

천리추종향이니, 만리추종향이니 이름이 붙어 있어도 실제 천 리나 만 리까지 추적할 수 있다는 것은 아니었다. 그만큼 멀리까지 추적할 수 있다는 상징적인 의미로 붙은 이름이었다. 당연히 천리추종향보다는 만리추종향이 그 효능이 뛰어났다.

한데 비역의 만리추종향은 처음 듣는 것이었다.

중년 사내가 그녀에게 간단히 설명했다.

"비역이란 사람이 만든 만리추종향이오. 추종향 중에서 최고로 치는 것으로, 그 어떤 방법으로도 자신이 추종향에 당한 것을 알아차릴 수 없소."

일반적인 추종향은 목욕을 해서 그 향을 지워버릴 수 있었다. 또한, 강호에는 추종향에 당한 것을 알아내는 약품이 있었다. 물론 그 역시 만리추종향만큼이나 비싸고 귀했다.

하지만 이 비역의 만리추종향은 그 어떤 방법으로도 정해진 시간 동안은 그 향을 지울 수 없었다.

중년 사내가 다시 물었다.

"원하시는 두 번째 물건은 무엇이오?"

"원앙환(鴛鴦環)."

이번 역시 중년 사내의 눈빛이 예리해졌다.

"원앙환이라."

설수린이 한숨을 내쉬었다.

난 대체 어느 강호에서 사는 것이지?

원앙환도 그녀가 처음 듣는 물건이었다.

이번에는 구석에 앉아 있던 노인이 나서서 원앙환에 대해 설명해 주었다.

"원앙환은 한 쌍의 반지라네. 특수하게 만들어진 그것은 서로 어디에 있든 그 위치를 알려준다고 하는 보물이지."

물론 거리에 한계는 있었는데, 알려진 바에 따르면 그것을 착용한 두 사람의 능력에 따라 상호작용하는 거리가 달라진다고 한다. 일반적으로 보통 몇십 리 안에서는 상대를 찾아낼 수 있다고 한다.

그리고 의미심장한 한마디 덧붙임.

"또 다른 효능이 있다고 하지만……."

노인이 말을 흐렸다. 그 기능을 모르는 것인지, 아니면 너무 황당한 것이라 믿지 못하는 것인지 표정이 모호했다.
“그 두 가지 물건이 이십만 냥이나 하나요?”
설수린의 물음에 이화운이 고개를 내저었다.
“그보다는 싸지.”
이화운은 시세를 정확히 파악하고 있었다. 원앙환의 시세는 십만 냥이었다. 거기에 비역의 만리추종향 한 병이 삼만 냥.
“두 가지 물건과 칠만 냥을 주시면 되오.”
중년 사내가 다시 한 번 노인과 시선을 마주쳤다. 눈빛을 주고받은 후, 중년 사내가 흔쾌히 대답했다.
“좋소!”
사실 이화운이 요구한 두 가지 물건은 팔기가 어려운 물건이었다. 실제 몇 년간이나 팔리지 않았다. 병장기가 아닌데 십만 냥이나 주고 원앙환을 사려는 사람은 없었고, 비역의 만리추종향 역시 마찬가지였다.
그리고 설령 누군가 그것을 사려는 사람이 나타나더라도, 그것의 값을 깎으려 들 게 뻔했다.
팔려면 적게는 몇천 냥에서 많게는 몇만 냥 정도는 깎아 줘야 할지도 몰랐다. 한데 상대가 통 크게 제값으로 사겠다고 하니 큰 이문을 남길 수 있었던 것이다.
“잠시 기다리시오.”
중년 사내와 노인이 안으로 들어갔다.
멍하게 서 있는 설수린을 보고 이화운이 말했다.
“왜 말이 없어?”

"아. 당신 돈질이 너무 강력해서 저도 모르게 움츠러들었어요."

그 말에 이화운이 피식 웃었다. 뒤늦게 설수린이 머리를 쥐어뜯는 시늉을 하며 너스레를 떨었다.

"받을 돈이 칠만 냥이라니! 대체 내가 몇 년을 벌어야 하는 돈이지?"

그러자 이화운이 웃으며 말했다.

"그 돈으로 다 술 사 마실까?"

"뭐라고요?"

황당해하는 표정을 짓는 그녀에게 이화운이 말했다.

"당신이 동굴에서 말했잖아? 당신 덕분에 상대를 죽였으니 폭천우 팔아서 술 사 달라고."

아! 그랬지. 하여튼 뭐 하나 놓치지 않는 저 기억력이라니.

"사 달라면 사 주시나요?"

"물론."

"칠만 냥 다?"

이화운이 고개를 끄덕이자, 설수린이 눈을 가늘게 떴다.

"하여튼 이 남자들의 허세란. 전호도 이런 식으로 기루에서 돈 쓰고 다니겠죠?"

"진심이었어."

"그럼 더 문제지요! 돈 아까운 줄 알아야지요! 이래서 남자들에게 돈 맡기면 안 된다고요!"

그러는 사이 중년 사내와 노인이 밖으로 나왔다.

사내의 손에는 작은 목곽 하나와 작은 병 하나, 그리고 전표 다발이 들려있었다.

"여기 있소."

이화운이 첫 번째 목곽을 열었다.

목곽 안에는 한 쌍의 가락지가 들어 있었다. 그냥 봐선 평범한 가락지였다. 그걸 꺼내서 자세히 살핀 후, 다시 목곽에 넣었다. 다음으로는 작은 병에 담긴 비역의 만리추종향을 살핀 후 끝으로 전표를 확인했다. 전표 역시 진짜였다. 중년 사내가 자신 있게 말했다.

"중원전장에서 발행한 전표요. 중원 어디에서나 사용할 수 있소."

중원전장은 강호삼대전장으로 확실한 신용을 자랑하는 전장이었다.

이화운이 두 물건과 전표를 품속에 넣었다.

두 사람이 돌아서 나오려는데, 중년 사내가 불렀다.

"잠깐."

이화운이 돌아서자 그가 물었다.

"어떻게 그 두 가지 물건이 우리에게 있다는 것을 알았소?"

이화운이 가만히 그의 얼굴을 쳐다보았다.

"오래전에 스치듯 두 분을 뵌 적이 있소. 그때 알았지요. 세상에 없는 물건이 없는 신비로운 상회가 있다는 것을. 자, 그럼 이만."

이화운이 가볍게 인사하고 밖으로 나갔다. 설수린이 그 뒤를 따라 나갔다.

노인이 중년 사내에게 물었다.

"자네 저 아이가 기억이 안 나나?"

그러자 중년 사내가 묘한 웃음을 지었다.

"그럴 리가요. 그때만 해도 참 앳되었는데."

중년 사내는 예전에 이화운이 대사형과 함께 이곳에 온 것을 똑똑히 기억하고 있었다. 기억하는 것은 그것만이 아니었다.

"그때 자네가 했던 말이 기억나는가?"

"우리가 기억해야 할 사람은 어린 쪽이다라고 했죠."

"지금은 어떤가?"

중년 사내가 어깨를 으쓱대며 자랑스럽게 말했다.

"제 사람 보는 눈이 어떻습니까? 정말 정확하지 않습니까? 하하하."

*　　*　　*

약속된 시간에 설수린은 섬서 이화운의 방으로 들어섰다.

그녀가 들어오자, 섬서 이화운은 깜짝 놀랐다.

"설 대주께서 어인 일이십니까?"

"몸은 괜찮으세요?"

"네, 이제는 괜찮습니다."

"사실 사과드리러 왔어요."

"사과라니요? 설 소저께서 무슨 잘못을 하셨다고?"

"제가 이 공자를 오해했던 것 같아요. 정치적 야망에 사로잡힌 분이시라고요. 사실 제가 그런 사람을 별로 안 좋아하거든요. 그날 검무를 거절한 것도 그런 이유였답니다."

본래 상대를 속이려면 칠 할의 진실을 섞어야 한다고 했다. 그에 대한 첫인상은 분명 그러했다. 그래서 싫어한 것도 맞고.

"지금은 어떻습니까?"

"당연히 오해가 풀렸지요. 다른 사람을 위해 목숨을 거시는 분이신데, 죄송했어요."

"하하하, 괜히 제 얼굴에 금칠을 해주시는군요. 정파 강호인이라면 당연히 해야 할 일이지요."

이 가증스러운 놈!

"앞으로도 이 강호를 위해 힘써주세요."

설수린은 활짝 웃으며 그에게 손을 내밀었다. 섬서의 이화운이 흡족한 표정으로 그 손을 맞잡았다. 이렇게 불쑥 자신을 찾아온 설수린에게 어떤 속셈이 있을지도 모른다는 생각이 들었지만, 어쨌든 이런 대단한 미녀와 손을 잡는 것은 참으로 기쁜 일이었다.

몸을 잘 추스르라는 말을 남기고 설수린이 그의 숙소를 나왔다. 행여나 뒤따라 나올까 발걸음을 빨리했다.

숙소에서 멀리 떨어진 곳에 이화운이 기다리고 있었다.

"어떻게 되었어?"

그녀가 품에서 반쯤 찬 병을 내밀었다. 앞서 삼만 냥이나 주고 샀던 만리추종향이었다.

"당연히 임무 완수죠."

이화운이 부탁한 것은 그것을 섬서 이화운의 손에 묻혀 달라는 것이었다.

"손에 묻혔어?"

"네."

설수린은 그것을 양손에 발라서 들어갔다. 아까 악수를 하면서 그의 손에 묻힌 것이다.

"한데 추적할 일인데 왜 비홍묘를 안 쓰고요?"

"그럴 이유가 있지."

"혹시 그걸 꼭 손에 발라야 하는 이유와 관련이 있나요?"

이화운이 의미심장한 미소를 지으며 고개를 끄덕였다.

"그를 추적할 것이 아니거든."

*　　*　　*

"남자가 반지를 사는 이유가 뭐지?"

설수린은 자신의 숙소 창가에서 창틀에 턱을 괸 채 힘없이 물었다. 그녀가 원하지 않은 대답이 전호의 입에서 흘러나왔다.

"당연히 여자에게 주려는 것이지요."

"그렇지?"

"그럼요. 이 공자가 반지 샀어요?"

눈치도 빠르시지.

설수린이 힘없이 고개를 끄덕이며 말했다.

"엄청 비싼 걸로. 그것도 쌍가락지로!"

"쌍으로 샀다면 보통 여자와 함께 끼려는 것인데."

"그렇지?"

"말하면 뭐합니까?"

전호가 장난스러운 눈빛으로 그녀를 쳐다보았다. 그녀의 마음쯤이야 훤히 들여다보고 있는 그였다.

"물어봐요. 누구에게 주려고 샀느냐고."

"싫어."

"왜요? 자존심 상해서요?"

"내가 무슨 관계라고 자존심이 상해."

애써 부정했지만 전호의 말이 맞다. 괜히 물어봤다가 딴 사람 준다는 대답을 들으면 화가 날 것 같았다.

아니, 다른 여자 줄 거면 나 없는 데서 사시든지. 하긴 그날 그럴 분위기도 아니었지만. 섬서 이화운의 손에 만리추종향을 바르는 임무를 할 때만 해도 별로 신경 쓰이지 않았는데. 이제는 자꾸 그 반지가 생각났다.

그녀의 표정이 시시각각 바뀌는 것을 보며 전호가 피식 웃었다. 누군가를 좋아하면 작은 일 하나하나에 신경이 쓰이기 마련이다.

"오해하지 마! 나 그 사람 안 좋아해!"

"아무 말도 안 했어요."

"작은 관심일 뿐이라고!"

"아무 말도 안 했다고요!"

그녀가 가볍게 한숨을 내쉬었다. 한숨에 솔직한 심정이 함께 흘러나왔다.

"사실 나도 잘 모르겠다."

"그게 당연한 거죠."

"너라면 다 알 거 아니냐?"

"그럴 리가요? 그럼 제가 애정 상담소라도 열어서 떼돈 벌었겠죠.

여자들 많이 만나다 보니 그냥 유혹하는 기술만 느는 거죠. 어떨 때는 오히려 더 혼란스러워요. 내가 뭘 하고 있나, 저 사람은 대체 무슨 생각일까?"

"어렵네."

"어렵죠."

"아무튼, 그거 열면 나 소장 시켜 줘!"

"암요, 우리 이기적인 대주님! 아무것도 안 하시고 떡 하니 소장 자리에 앉으셔서 돈만 챙기셔야지요."

설수린이 크게 웃고 나서 물었다.

"추 소저는?"

"마음이 좀 풀어지니 이제 제 걱정도 되나요?"

"잘 어울리더라. 이번에는 잘 해봐."

"그러려고요. 제 걱정은 마시고, 대주님이나 잘하세요."

"야! 그런 눈으로 보지 마라. 나, 무림맹 최강 미녀 설수린이야."

"그 말 들으니 더 짠하네요."

설수린이 머리를 움켜쥐었다.

"크윽! 반지는 왜 샀을까?"

전호는 창창한 하늘을 쳐다보았다.

"심란할 때는 한잔하는 겁니다."

"이놈아, 저 창창한 하늘에 미안하지도 않으냐?"

"하늘이 인생을 대신 살아주는 건 아니잖아요."

"핑계는!"

전호가 웃으며 작은 목곽을 탁자 위에 올렸다.

"열어봐요."

"이게 뭐야?"

설수린이 깜짝 놀라 눈을 치켜떴다. 목곽 안에 든 것은 이화운이 샀던 바로 그 원앙환이었다. 그중 하나만 있었다.

"이게 왜 여기 있어?"

"왜겠어요? 이 공자가 대주님께 전해주라고 해서 여기 있죠."

"정말?"

전호가 고개를 끄덕였다.

"이놈이! 지금까지 날 가지고 놀았네!"

"대주님은 평생 절 가지고 노시는데, 아주 잠깐 정도면 괜찮잖아요?"

그녀가 안타까운 표정으로 말했다.

"기왕이면 직접 주지."

지난번, 그런 아름다운 갈대숲에서 멋지게 끼워 주면 얼마나 좋아.

그녀의 마음을 모를 리 없는 전호가 웃으며 위로했다.

"상대에게 너무 많은 것을 기대하지 마세요. 좋은 관계를 망치는, 한 삼 위쯤은 되는 실수니까요."

"그래, 네 말이 맞다."

설수린이 함박웃음을 지으며 가락지를 손에 끼었다.

"입 찢어지시겠어요."

"이거 겁나게 비싼 거라고. 설마 치사하게 다시 돌려 달라고 하진 않겠지? 히히, 이걸로 노후 걱정은 끝이군."

"후후후. 이제야 우리 대주님다우시군요."

"가서 고맙다고 인사라도 해야지."

전호가 있어 최대한 기쁨을 감추고 있었지만, 그녀는 진정으로 기뻤다. 사실 비싼 반지가 아니더라도 똑같이 기뻤을 것이다. 그가 자신에게 반지를 준 것이 중요한 사실이었으니까.

자리에서 일어나는 그녀에게 전호가 재빨리 말했다.

"없어요, 이 공자."

"어디 갔어?"

"일이 있어서 어디 좀 다녀온대요."

"같이 해결하자고 해 놓고선!"

입을 삐죽 내밀며 삐친 척했지만, 그녀는 내심 긴장했다.

자신이 묻힌 만리추종향이 어떤 역할을 한 것이리라.

물론 이화운을 믿는다. 하지만 상대도 무서운 자들임을 알기에 걱정이 되었다. 어쩌면 이화운 역시 그 위험을 알기에 이 원앙환을 산 것이 아닐까?

여러 생각으로 머릿속이 복잡해졌다. 멍하게 서 있는 그녀를 보며 전호가 웃으며 물었다.

"반지 받기 전이 차라리 나았죠?"

그래. 그런 게 인생인가 보다.

"술이나 마시러 가자!"

"하늘에게 미안하지 않으시고요?"

설수린이 힐끗 하늘을 올려다보며 진심으로 기원했다.

그 사람 일, 저 걱정 안 해도 되죠?

설수린이 문을 열고 나가며 말했다.

"하늘이 언제 내게 반지 사줬니? 가자, 어서."

*　　　*　　　*

구호는 필사적으로 달리고 있었다.

삼호와 육호 사이를 오가며 지령을 전하던 그녀였다.

처음 꼬리가 붙었다는 것을 알았을 때만 해도, 그녀는 여유로웠다. 경공술만큼은 강호의 그 누구보다도 자신이 있었기 때문이었다.

하지만 그녀는 뒤따르는 사람을 떨쳐낼 수 없었다. 반 시진을 내내 달아났지만, 거리는 점점 좁혀졌고 결국 따라잡히고 말았다.

상대를 확인했을 때, 그녀는 왜 자신이 붙잡혔는지 반쯤은 이해했다. 뒤쫓아 온 사람이 이화운이었던 것이다.

그리고 이해할 수 없는 나머지 반은.

'아무리 그라 해도 대체 어떻게 날 쫓아올 수 있었지?'

단지 빠른 것과는 다른 차원의 문제가 있었다. 아무리 빨라도 어디로 갔는지 모르면 쫓아올 수 없을 것이 아닌가? 하지만 아무리 노력해도 이화운을 떨쳐낼 수 없었다.

거칠게 숨을 몰아쉬는 그녀 앞에 이화운이 내려섰다.

이화운을 향한 그녀의 눈동자가 심하게 흔들렸다. 애써 공포를 억누르며 그녀가 억지 미소를 지었다.

"잘생긴 아우님이 이 별로인 누님에겐 어쩐 일이실까?"

예전 이화운의 말로 농담을 던지고 있었지만, 그녀의 심정은 참담했다. 상대의 실력은 이미 두 번이나 직접 봤던 그녀였다. 죽었다 깨어나도 이길 수 없는 상대였다.

"그 전에 한 가지만 물어보자고. 대체 날 어떻게 쫓아온 것이지?"

"만리추종향."

"말도 안 되는 소리!"

누군가 자신의 몸에 만리추종향을 뿌린 것을 몰랐을 리가 없었다. 대부분 경공술에 자신이 있는 사람들은 추종향에 대해 예민한 감각을 지닌 사람들이 많았다. 특히 구호는 추혼약에 대해 상당한 조예가 있었다. 도주하는 중에도 혹시나 해서 자신의 몸에 추혼약이 발렸을까 봐 몇 번이나 몸을 씻었다.

이화운은 아무 대답도 하지 않았다. 만리추종향은 그녀의 몸에 뿌려진 것이 아니었다.

그녀의 품에 있는 밀서에 발려 있었다. 밀서를 쓴 사람은 바로 사호인 섬서 이화운이었다. 꼭 그의 손에 만리추종향을 바르라고 한 것도 밀서에 그 향을 묻히기 위해서였다.

구호가 표독한 눈빛을 드러내며 소리쳤다.

"죽여라!"

물론 마음에도 없는 소리였다. 다행히 이화운의 반응은 그녀가 간절히 바랐던 것이었다.

"죽이려고 뒤쫓은 것이 아니다."

"그렇다면 왜 나를 뒤쫓은 것이지?"

"한 사람을 만나야겠다."

"누굴?"

"그녀를 만난 적 있지?"

그 말을 듣는 순간, 구호는 그것이 삼호를 뜻함을 직감했다. 구호가 아는 한 여인 중에서 이화운이 찾을 만한 사람은 삼호밖에 없었다.

"누군지 모르겠다면?"

이화운은 한 걸음 다가서며 망설임 없이 대답했다.

"넌 이 자리에서 죽는다."

차가운 살기에 질려 구호가 뒷걸음질 쳤다. 이화운의 살기는 단순한 협박이 아니었다. 그녀가 떨리는 목소리로 물었다.

"알려 주면?"

"적어도 이번만은 살려 주지."

"어차피 난 그들에게 죽게 될 거야."

"그건 네 사정이고."

더는 시간을 끌고 싶지 않다는 듯 이화운이 검을 뽑았다.

스릉!

번쩍이는 검날에 실린 것은 명백한 살의였다.

성큼 다가선 이화운이 그녀의 머리 위로 검을 쳐들었다. 그때까지도 채찍을 꺼내 들 생각조차 하지 못한 그녀는 죽음에 대한 공포를 끝내 이겨내지 못했다.

"잠깐!"

그녀는 반쯤 넋이 나간 얼굴로 말했다.

"안내할 테니 가자고."

*　　*　　*

이화운이 구호와 도착한 곳은 삼호의 그 정육점이었다.

"저곳이다."

"앞장서."

"이봐 동생, 정말 날 죽이려는 거야?"

무표정한 이화운을 보며 구호는 고개를 내저었다.

'환장하겠군.'

어차피 그녀로서는 이래 죽으나 저래 죽으나 마찬가지였다.

"그래, 죽여라. 죽여!"

그녀가 앞장서서 정육점으로 들어섰다. 아무도 없기를 바라는 마음 반, 제발 삼호가 있기를 바라는 마음 반이었다.

삼호는 그 방에 있었다.

그리고 평소와 마찬가지로 그녀는 고기를 썰고 있었다. 두 사람의 등장에도 그녀는 전혀 놀라지 않았다. 오히려 기다렸다는 듯 이화운을 향해 미소를 지었다.

"오랜만이네요."

이화운이 정중히 고개를 숙였다.

"오랜만입니다."

구호는 내심 깜짝 놀랐다.

'헐! 정말 서로 아는 사이였어? 대체 일이 어떻게 돌아가는 거지?'

하긴 지난번에 이화운의 말을 전할 때 보니, 서로 잘 아는 듯 보이기도 했다. 어쨌든 그것은 그들 사정이었고, 자신은 지금 큰 죄를 지은 상황이었다. 새파랗게 질린 구호에게 삼호가 미소를 지었다.

"왜 추격을 당했는지 궁금하죠?"

"죽을죄를 지었습니다!"

"일단 가져온 밀서부터 주세요."

구호가 품에 있던 밀서를 그녀에게 공손히 건넸다.

"여기에 만리추종향이 묻어 있었거든요."

놀랍게도 삼호는 상황을 단번에 파악했다.

"아! 그랬었군요!"

이제야 구호는 이해할 수 있었다. 밀서에 만리추종향이 묻어 있었으니, 몸을 아무리 깨끗이 씻어도 소용이 없었던 것이다. 물론 비역의 만리추종향은 씻어도 그 냄새가 없어지지 않았지만.

"이번 일은 그대 잘못이 아니니, 안심하고 돌아가도록 하세요."

"감사합니다."

구호가 공손히 고개를 숙인 후 그곳을 나섰다. 정말이지 죽었다 살아난 기분이었다.

삼호가 미소를 지으며 말했다.

"이게 얼마 만이죠?"

"오 년 만입니다."

"벌써 오 년이나 흘렀군요. 그 사이에 더 멋있어지셨어요. 삼공자."

그녀는 다섯 제자 중 셋째인 이화운을 항상 삼공자라 불렀다. 또 그녀는 바로 대사형을 사모하던 여인이었다. 그것도 열렬히.

대사형과 그녀는 혼인하지 못했다. 혼인 이야기가 한창 오가던 무렵, 그 일들이 터져 버렸으니까.

그녀는 차분한 눈빛을 보내왔다.

"일전에 전한 말은 잘 들었어요."

이화운은 이제 그만 잊으라는 말을 구호를 통해 그녀에게 전했다.

"하지만 지킬 수 없는 말이네요. 아시잖아요? 제가 기억력이 좋다는 것은."

"잘 알고 있습니다."

"머리 쓰는 것은 삼공자께서도 빠지지 않으셨죠."

"머리로 이길 생각은 전혀 없습니다. 그러고 싶어도 그럴 수도 없고요."

이화운은 담담히 그녀의 재능을 인정했다. 그는 화를 내지도 않았고, 그렇다고 이 재회를 반가워하지도 않았다.

"삼공자의 장점 중 하나죠. 그 특출난 재능에도 자신을 정확히 볼 줄 아는 것, 또 보려고 노력한다는 점."

"대사형은 지금 어디에 있습니까?"

"그분도 삼공자를 보고 싶어 해요."

"지금 어디에 있습니까?"

이화운이 재차 대사형에 대해 물었다.

"언젠가 만나게 될 거예요."

이화운의 입꼬리가 살짝 말려 올라갔다.

"삼공자가 저에 대해 감정이 좋지 않은 것을 알아요."

"……."

"하지만 삼공자께선 저를 이해하셔야 해요."

"대체 무엇을 말입니까? 대사형을 조종해서 강호를 지배하려는 것을요?"

삼호의 입가에 긍정도 부정도 아닌 묘한 미소가 걸렸다.
“결국 사형은 저를 찾아오게 될 겁니다.”
“나를 인질로라도 삼겠다는 뜻인가요?”
“그렇게 해야 사형을 볼 수 있다면요.”
“삼공자께선 정말 많이 변했군요. 예전이라면 정말 상상도 못 할 말인데요.”
이화운은 아무 대답도 하지 않았다.
“변한 것은 그대만이 아니죠.”
그 말을 증명이라도 하듯 삼호의 눈빛이 서서히 변했다. 눈에 가득했던 따스함은 사라지고 이제 차가움만이 남았다. 이제 그녀는 완벽히 다른 사람이 되었다.
“삼공자, 그대가 이곳을 찾아냈다고 생각하나요?”
“…….”
그녀가 탁자에 놓인 도마에 칼을 내리쳤다.
츠츠츠츠츠.
순식간에 두 사람 사이의 공간이 왜곡되었다. 놀랍게도 이 좁은 곳에 진법이 펼쳐진 것이다. 이화운이 한 발 앞으로 다가서면 진법에 걸려 다른 공간으로 빠져들게 되는 원리였다.
지금 그녀가 펼친 것은 일종의 탈출용 진법이었다. 공간이 워낙 좁은 곳이라 대형 진법은 설치할 수 없기도 했을 것이다.
진법이 펼쳐졌음에도 담담한 이화운을 본 삼호는 흠칫 놀라 물었다.
“함정인 줄 알았나요?”

"그럴 가능성도 생각했었지요."

"그런데 왜 찾아왔죠?"

"어차피 한 번은 만나야 했으니까요. 시간을 끌면 더 끔찍한 함정을 만들 테니까."

그녀의 눈가에 새삼스러운 감탄이 스쳤다. 하지만 이내 그녀의 표정이 굳어졌다.

"그분이 이렇게나 보고 싶다면 왜 지난 오 년간 한 번도 찾지 않으셨죠?"

삼호가 대답하지 못한 것처럼, 이화운의 두 눈에도 어떤 말 못 할 사연이 담겨 있었다.

"사형은 지금 어디에 있습니까?"

이화운은 세 번째 같은 질문을 던졌다. 조금 전 질문의 대답은 사형에게 직접 하겠다는 뜻이기도 했다.

삼호가 돌아서며 냉정히 말했다.

"사죄는 저 세상에서 할게요. 잘 가세요."

그녀가 뒷문으로 사라지고 나자, 서서히 진법이 사라졌다. 동시에 앞뒤 문이 열리며 복면인들이 쏟아져 들어왔다.

쉬이익!

날아든 검을 피하며 이화운이 검을 내질렀다.

꼬꾸라진 사내 뒤로 또 다른 사내가 달려들었다.

사내보다 이화운이 한발 빨랐다.

이화운의 검이 복면 사내의 가슴을 꿰뚫었다.

와지끈!

사방 창을 부수며 복면인들이 날아들었다.

꽈앙!

이화운이 천장을 뚫고 날아올랐다.

지붕에 선 이화운이 주위를 둘러보았다. 사방으로 복면인들이 몰려들고 있었다.

쉭쉭쉭쉭쉭쉭쉭쉭쉭쉭쉭!

그들이 일제히 이화운을 향해 암기를 날렸다.

第三章
쇄혼망

天下第一

사방에서 날아드는 암기. 이화운의 선택은 다시 집 안으로 뛰어내리는 것이었다.

집 안에 있던 복면인들이 일제히 검을 찔러왔다.

따다당!

이화운은 검을 휘둘러 그것들을 튕겨냈다.

서걱! 우측에 있던 복면인의 목을 베면서 그대로 뒤에 선 사내를 찔러 갔다. 사내의 목에서 피가 뿜어져 나왔다. 이화운은 쓰러지는 사내의 어깨를 밟고 그 탄력으로 다시 허공을 가로질렀다. 자신에게 날아든 암기를 튕겨내며 다시 두 명의 사내를 베어 넘겼다. 한 수에 한 명씩 정확히 쓰러졌다.

퇴로를 연 이화운은 망설이지 않고 뒤쪽 문을 부수고 튀어 나갔다.

입구에서 기다리고 있던 복면 사내들의 검이 일제히 날아들었다.

푸우욱! 푸욱!

하지만 쓰러진 것은 그들이었다. 절대 피할 곳이 없어 보이던 공격의 사각지대를 교묘하게 찾아낸 이화운의 반격에 그들의 목과 심장이 베어졌다.

한번 검을 휘두르기 시작한 이화운은 손을 쓰는 데 망설이지 않았다. 셀 수 없이 많은 암살자가 자신을 죽이려 덤벼들고 있었고, 이런 상황에서 자비나 망설임은 자살 행위였다.

이화운이 한 방향으로 달렸다.

겹겹이 둘러싼 포위망에서 여기저기 방향을 바꾸는 것은 그야말로 어리석은 선택이었다. 오직 한 방향으로 달려야 했다.

쉬이이익!

담벼락에서 뛰어내리며 공격을 가하던 사내 둘이 그대로 바닥에 처박혔다. 땅에 발을 딛기도 전에 이화운의 검이 가슴을 꿰뚫은 것이다.

이화운은 검기나 검강을 사용하지 않았다. 이전에 봉인을 해제하면서 대환단까지 복용했기에 내공이라면 누구보다 자신 있는 그였다. 하지만 그는 최대한 내공을 아끼고 있었다.

이화운은 삼호에 대해 잘 알았다.

분명 자신을 붙잡을 치명적인 어떤 것이 준비되어 있을 것이다. 그것은 함부로 내공을 사용해선 안 된다는 뜻이기도 했다.

정면에서 달려든 사내의 턱을 무릎으로 강타하며 그의 몸을 붙잡고 회전했다.

쉭쉭쉭쉭쉭!

날아든 암기가 방패로 내세운 복면인의 몸에 박혔다.

이번에는 이화운의 손에서 암기가 날았다.

핑핑핑핑핑핑!

바로 비류혈접이었다. 뒤에서 암기를 날렸던 여섯 사내가 동시에 쓰러졌다.

비류혈접이 다시 이화운의 손으로 회수되었다.

정육점을 중심으로 형성되어 있던 마을은 현재 텅 비어 있었다. 삼호는 확실히 함정을 파고 자신을 노리고 있었던 것이다.

이화운이 담을 넘었다.

쉭쉭쉭쉭쉭!

건물 안에서 대기하고 있던 사내들이 일제히 몸을 뒤집으며 쓰러졌다. 붉은 나비가 춤을 출 때마다 반드시 사내들이 쓰러졌다.

하지만 비류혈접에도 약점은 있었다. 날리는 것보다 그것을 회수하는 데 훨씬 많은 내공이 소모되었던 것이다. 이화운은 내공을 계산하며 최대한 경제적으로 싸우고 있었다.

이화운은 잠시 담벼락에 기대 숨을 골랐다. 담벼락 너머 골목길에 복면인들이 모여드는 발소리가 들려왔다.

얼마 후 숨을 고른 이화운이 다시 달리기 시작했다.

화원을 가로질러 뒤쪽 담을 넘었다.

뒤쪽 담벼락 뒤에 서 있던 사내들이 깜짝 놀랐다. 그들이 미처 검을 날리기도 전에 이화운이 그들 사이로 난입했다.

복면인들을 모두 해치우고 이화운이 막 모퉁이를 돌던 바로 그 순간이었다.

휘리리릭.

무엇인가 이화운을 덮쳤다. 너무나 빠르게 날아와 미처 피할 수 없었다.

그것은 그물이었다.

사방에 선 네 명의 사내들이 그물에 달린 줄을 잡아당기자 그물이 팽팽해지며 이화운을 옭아맸다.

"쇄혼망(鎖魂網)!"

이화운의 눈빛이 예리해졌다.

쇄혼망은 강호에서 가장 질기다는 천잠사를 여러 번 꼬아 만든 그물로 일반 도검으로는 절대 잘리지 않는다고 알려진 강호의 기물이었다.

사대금강(四大金剛)이라 불리는 그들 네 사내를 이끄는 중년 사내가 천천히 걸어 나왔다.

그가 바로 쇄혼망의 주인인 막소병(莫掃炳)이었다. 그는 개인적으로 청부를 받아 사람을 죽여주는 자로, 그의 손에 죽은 고수들이 셀 수 없이 많았다.

"그렇다면 잘 알겠군. 쇄혼망에 걸린 이상 죽은 목숨이란 것을."

쇄혼망은 단지 질기기만 한 그물이 아니었다. 그물에 걸려들면 내공을 끌어올리지 못하게 하는 효능이 있었다.

사방에서 줄이 팽팽하게 당겨졌다. 줄을 잡고 있는 사대금강들은 오직 힘을 쓰는 외공만을 익힌 사내들이었다.

그들이 쇄혼망으로 상대를 옭아매면, 막소병이 마무리를 했다.

이화운이 손을 내밀어 줄을 움켜쥐자 막소병이 비웃으며 말했다.

"헛수고하지 마라. 내공을 쓰지 않고 힘으로만 저들을 이긴다는 것은 계란으로 바위를 부수려는 격이니까. 하하하하하."

사내들이 온 힘을 다해 줄을 당기자 이화운은 온몸의 뼈가 바스러지지 않은 것이 다행이라 할 상황이 되었다.

줄을 움켜쥔 이화운이 이를 악물었다.

"끙!"

그의 입에서 외마디 신음이 터져 나오는 그 순간, 믿을 수 없는 일이 벌어졌다.

오른쪽의 사내가 이화운 쪽으로 끌려온 것이다.

"이런 미친!"

놀란 막소병이 몸을 날렸지만 이미 한발 늦은 상황이었다.

이화운이 자신을 향해 끌려오는 사내를 향해 훌쩍 뛰어올랐다. 그리고는 두 다리로 사내의 목을 휘감으며 허공에서 크게 회전했다.

으드득.

목뼈가 부러지는 끔찍한 소리를 내며 사내가 그대로 절명했다.

팽팽하게 네 방향에서 당겨지는 힘의 균형이 깨어지면서 남은 금강사내들은 물론이고 막소병까지 당황했다.

쉬이이익!

막소병이 내지른 검이 이화운의 머리 위를 스쳐 지나갔다.

하지만 막소병은 이화운의 안중에 없었다. 이화운은 목표로 삼은 두 번째 사내를 향해 달려갔다.

언제나 당기기만 했던 사내는 이번에도 본능적으로 줄을 잡아당겼다. 힘의 균형이 깨어진 지금 그것은 최악의 판단이었다.

달려가는 기세에 그가 잡아당기기까지 하자, 순식간에 이화운이 그에게 쇄도했다. 다른 금강 사내가 도와주려고 뒤에서 줄을 당겼지만, 그것은 한발 늦은 대처였다.

꽈직.

이화운의 무릎이 사내의 턱을 강타했다. 턱이 부서지며 사내가 그대로 뒤로 넘어갔다.

실수는 잇달아 일어났다. 급한 마음에 막소병이 이화운을 향해 검기를 날린 것이다.

쇄애애애애액!

절대 해서는 안 될 실수였다. 이화운이 몸을 피하는 순간, 그의 검기에 쇄혼망이 끊어진 것이다.

쇄혼망의 무서운 점은 그것에 붙잡히면 내공을 사용하지 못하는 것이지, 그것이 검기를 견뎌낼 정도까지 질기기 때문이 아니었다.

"빌어먹을!"

분노와 흥분으로 눈이 뒤집힌 막소병이 두 번째 검기를 날렸을 때, 이화운의 발길질에 늑골이 부러진 사내가 그대로 꼬꾸라졌다. 세 번째 사내마저 쓰러진 것이다.

파파팍!

이화운은 등 뒤에서 날아든 검기를 땅바닥을 굴러 피했다.

막소병은 도무지 이해할 수 없었다.

'내공을 쓸 수 없는 상태인데. 대체 어떻게 저런 몸놀림을 펼칠 수 있지?'

내공 없이 자신의 공격을 피하는 것도, 수하들을 죽이는 것도 그의 상식에서는 결코 있을 수 없는 일이었다.

"놈은 내공을 사용할 수 없다. 겁먹지 말고 죽여라!"

막소병이 마지막 남은 수하에게 명령을 내렸다. 사내가 성난 황소처럼 달려나가자 막소병이 그림자처럼 따라붙었다.

그는 자신의 수하가 이화운을 상대할 수 없다는 것을 잘 알았다. 그의 희생을 발판으로 이화운을 없애려는 작정이었다.

하지만 그가 미처 생각하지 못한 것이 있었다.

쇄혼망이 끊어지면서 내공을 제압하는 원래의 기능을 상실했다는 것을. 한 번도 쇄혼망을 훼손한 적이 없었던 데다, 처음 이것을 그에게 물려준 이도 그런 사실을 알지 못했기 때문이었다.

내공을 사용하게 된 이화운의 움직임이 비약적으로 빨라졌다.

이화운이 훌쩍 뛰어올라 자신을 향해 달려드는 사내의 어깨를 발끝으로 가볍게 찍었다. 어깨가 부서지며 사내는 그 자리에서 허물어졌다.

내공을 운영할 수 있게 된 이화운은 이제 날개를 되찾은 매처럼 가볍게 막소병의 검을 피하며 반격했다.

이화운의 일격이 그의 가슴에 적중하자 퍽하는 둔탁한 소리와 함께 막소병이 주르륵 뒤로 밀렸다.

피가 울컥 치밀어 오르는 것을 억지로 삼키며 막소병은 마지막 힘을 다해 검을 내질렀다.

힘없이 내질러진 검은 이화운의 몸 가까이에 가지도 못했다. 검을 내지르기 위해 내공을 운용하던 순간, 온몸의 기혈이 터지면서 그대로 즉사해 버린 것이다. 조금 전, 몸통에 얻어맞은 부상이 절대 내공을 일으켜서는 안 될 정도로 치명적이었기 때문이었다.

이화운이 천천히 그물을 풀었다. 그물은 힘없이 바닥에 떨어졌다. 싸움은 끝이 아니었다. 수많은 복면인이 그 주위에 가득 모여 있었고, 지금 이 순간에도 모여들고 있었다.

*　　*　　*

설수린은 어둠 속을 걷고 있었다.

참방참방.

핏물이 발목까지 잠겨 들었다. 짙은 혈향에 머리가 어지러웠다. 한시라도 빨리 그곳을 벗어나고 싶었지만, 자신이 어디를 걷고 있는지조차 알 수 없었다.

자각몽(自覺夢). 그녀는 스스로 꿈을 꾸고 있다는 것을 알고 있었다. 그럼에도 이 생생한 공포에서 한시라도 빨리 벗어나고 싶었다.

한편으로 그런 생각이 들었다. 어쩌면 이 강호를 살아가는 것이 이런 핏물이 가득한 어둠 속을 걸어가는 것일지도 모른다는. 언젠가 자신이 죽게 되면 누군가의 발목을 적실 핏물이 되어 흐르겠지.

그렇게 얼마나 걸었을까?

칠흑 같았던 어둠이 조금 가시면서 저 앞쪽으로 누군가 서 있는 모습이 보였다. 등을 돌리고 있어서 누군지는 알 수 없었다.

"누구?"

그녀의 목소리가 동굴에서의 그것처럼 낮고 굵게 울려 퍼졌다. 등을 돌린 사내는 아무 반응이 없었다.

가까이 다가서자 어슴푸레한 어둠 속에서 그의 뒷모습이 정확히 보였다. 그는 이화운이었다.

"당신인가요?"

그녀의 목소리가 떨렸다. 이화운이 천천히 돌아서던 그 순간, 설수린은 두 눈을 번쩍 뜨며 잠에서 깨어났다.

"휴우."

그녀가 긴 한숨을 내쉬었다. 그녀가 고개를 돌려 창밖을 쳐다보았다. 여명이 어둠을 밀어내며 세상을 밝히고 있었다.

꿈속에서 이화운의 얼굴을 정확히 보지 못했다. 마지막 순간 그가 얼굴에 피를 뒤집어쓰고 있었던 것 같았다. 그래서 그녀의 무의식이 억지로 잠에서 깨어난 것일까?

이런 괴이한 꿈을 꾼 날은, 꼭 일이 생기는데.

문득 이화운이 걱정되었다. 제발 그에게 아무 일도 없어야 하는데.

그리고 바로 그 순간.

징—

손가락에 끼고 있던 원앙환이 진동하며 나직이 울었다. 그녀는 깜짝 놀랐다. 명검이나 보검이 스스로 우는 것을 본 적이 있지만, 반지가 스스로 우는 경우는 처음이었다.

설수린은 원앙환에 대해 설명하던 노인이 말꼬리를 흐리며 원앙환의 또 다른 효능에 관한 이야기를 암시하던 것을 떠올렸다.

혹시 그것과 관련이 있을까?

어쨌든 그녀는 원앙환이 우는 것이 이화운과 관련이 있다는 것을 확신했다.

정말이지 이놈의 꿈은 너무나 잘 들어맞는다니깐.

침상에서 내려온 그녀는 서둘러 무복을 입었다. 검만 챙긴 후 숙소를 나섰다. 전호와 신화대의 수하들을 데리고 갈까도 잠시 고민했지만 그러지 않기로 했다. 만약 이화운에게 어떤 일이 생겼다면, 그들을 모두 데려간다 해도 문제를 해결할 수 없을 것이다. 죽는 것은 자신 하나면 충분하니까.

그녀는 무작정 달리기 시작했다.

이 원앙환이 왜 그렇게 터무니없이 비싼지 알 수 있었다. 원앙환이 그녀를 이끌고 있었다. 분명 또 다른 원앙환을 찾아가고 있는 것이리라.

그녀는 간절히 바랐다. 이화운에게 아무 일도 없기를.

그녀가 달리는 길은 무림맹으로 들어오는 여러 길 중 가장 한적했다. 이른 시간이라 행인 하나 없었다. 그저 새소리, 바람 소리가 들려올 뿐이었다.

얼마나 그렇게 달렸을까?

저 멀리 누군가 걸어오고 있었다.

설수린이 제자리에 멈춰 섰다. 그녀의 심장이 터질 듯이 뛰었다. 그이기를 바랐다. 너무나 간절해서 그녀 자신조차도 놀랄 정도로.

길 끝에서 천천히 모습을 드러낸 사람은 바로 이화운이었다. 그가 살아 있음을 두 눈으로 확인한 그녀는 안도했다. 다리가 풀려 제자리에 주저앉고 싶었다. 너무나 기뻐 환호성이라도 지르고 싶었다.

하지만 그러지 못했다. 이화운의 무복은 피로 물들어 있었던 것이다. 그리고 그의 얼굴도 피가 잔뜩 묻어 있었다.

그가 흘린 피일까 싶어서 그녀는 깜짝 놀랐다.

"놀라지 마, 내 피 아니야."

"당신 괜찮아요?"

설수린의 목소리가 심하게 떨리고 있었다.

"괜찮아."

"정말요?"

"그래."

하지만 걸음을 옮기는 이화운의 다리가 후들거리며 떨렸다. 이런 모습은 그를 만난 이후 처음이었다.

"하지만…… 피곤하군."

이화운은 금방이라도 쓰러질 것처럼 휘청거렸다.

"제게 기대요."

설수린이 선 채로 그를 안았다.

"잠깐만 기댈게."

이화운이 그녀에게 기댔다. 피 냄새가 설수린의 코를 찔렀다. 하지만 조금도 그 냄새가 역겹다는 생각이 들지 않았다.

얼마나 힘들게 싸웠으면.

설수린의 가슴이 찡하고 울렸다. 마음 한구석이 아파 왔다.

누군가에게 이렇게 마음이 아팠던 적이 있었던가?

아버지와 어머니.

한때 두 사람을 떠올리면 이런 감정을 느꼈다. 하지만 이젠 두 분에 대한 아픔은 다 극복을 한 상태이다.

그녀는 두려웠다. 강한 사람도 이렇게나 지치게 하는 이 강호가.

선 채로 그녀에게 안긴 이화운이 그대로 잠이 들었다. 새근거리며 잠든 그를 설수린이 꼭 안아주었다.

그래요, 이렇게라도 잠시 쉬어요.

*　*　*

설수린이 그랬던 것처럼 이화운도 꿈을 꾸고 있었다.

이제는 되돌아갈 수 없는 어린 시절의 그날, 꿈속의 그는 더없이 파릇파릇하던 소년 시절의 이화운이었다.

"화운 사형, 이것 좀 보세요."

뒤에서 들려온 소리에 이화운이 고개를 돌렸다. 뒤에서 열살 쯤 되어 보이는 소년이 달려오고 있었다. 총명한 눈빛이 반짝이는 소년은 다섯 사형제 중 넷째인 임하령(林夏玲)이었다.

임하령의 손에 작은 상자가 들려 있었다.

"이게 뭐냐?"

"잘 보세요."

임하령이 상자 옆에 붙은 손잡이를 돌렸다. 태엽이 돌아가면서 상자 뚜껑이 자동으로 열렸다. 그 안에서 검을 들고 있는 여인의 조각이 올라왔다.

"와! 신기하다."

"헤헤."

임하령이 쑥스러우면서도 만족스러운 웃음을 지었다.

"대체 이런 것은 어떻게 만드는 거야?"

"쉬워요. 여기 안에 보시면요, 이렇게 톱니바퀴가 맞물려서 돌아가면서 받침대를 밀어 올리는 거예요. 상자 뚜껑은 다시 이쪽에 연결된……."

"됐다. 머리 아프다."

"이 원리를 이용하면 커다란 집도 지하로 내렸다가 올렸다가 할 수 있을 거예요."

"그렇게 된다면 엄청나겠는데?"

"다음에 제가 사형이 사는 집을 그렇게 만들어 드릴게요."

"하하, 말이라도 고맙다."

바로 그때였다. 그들이 서 있는 곳과는 조금 떨어진 곳에서 나직한 음성이 들려왔다.

"화운아."

돌아보니 건장한 체구의 노인이 한 명 서 있었다. 허연 수염을 휘날리는 선풍도골(仙風道骨)의 노인은 바로 이화운의 사부인 추삼하(秋杉河)였다.

"사부님."

"이리 따라오너라."

"네."

이화운이 임하령과 눈인사를 하고 추삼하를 따라갔다.

추삼하는 뒤쪽 연무장으로 이화운을 데리고 갔다. 그는 평소에도 엄한 편이었다. 한데 오늘은 더욱 냉정한 기도를 뿜고 있었다.

뒷짐을 진 채 한참을 하늘만 올려다보던 추삼하가 이화운을 돌아보았다.

무섭게 노려보는 그의 눈빛에 잔뜩 주눅이 든 이화운이 고개를 숙였다. 곧이어 추삼하의 노한 음성이 들려왔다.

"내게 숨기는 것이 무엇이더냐?"

그 순간 이화운이 눈을 번쩍 떴다.

낯익은 천장이 보였다. 무림맹에 있는 자신의 숙소였다. 창가로 햇살이 들어오고 있었다.

이화운이 몸을 일으켰다. 피에 젖었던 옷 대신 새 옷을 입고 있었다. 설수린이 자신을 업고 이곳까지 오는 것을 알았지만, 그냥 그녀에게 업혀 있었다. 오랜만이었다. 누군가의 손길이 자신의 몸에 닿은 것이. 그리고 그 손길이 싫지 않은 것도.

잠시 침상에 앉아 있던 이화운이 밖으로 나갔다.

마당에 커다란 솥을 걸고 그 앞에 설수린이 쪼그리고 앉아 있었다. 솥에서 모락모락 김이 올라오고 있었다.

"어? 일어났어요?"

"뭐해?"

"보시다시피 닭 삶아요."

예전에 독에 중독되었던 설수린과 전호를 위해 이화운이 닭을 삶아 줬던 적이 있었다. 이젠 처지가 바뀐 것이다.

"싸움도 못하는 사람 내보내 놨더니, 마음이 안 편해서요. 허약체질 개선을 위한 특별 보양 닭입니다."

그녀의 농담에 이화운이 피식 웃었다.

"냄새가 좋네."

"좋은 약재 아끼지 않고 팍팍 넣었거든요."

하지만 이내 그녀는 머리를 긁적이며 웃었다.

"사실 이렇게 삶는 건지도 모르겠네요."

언제 닭을 삶아 봤어야 말이지. 그나마 전호가 닭을 손질해주고 가서 비슷하게 흉내라도 내고 있는 것이다. 신화대 일만 아니면 부려 먹었을 텐데, 아쉽지만 중요한 훈련이 있어 보내야 했다.

"참! 옷 갈아입힌 것, 저 아니니까 오해하지 마세요!"

그녀는 공연히 얼굴이 빨개졌다. 사실 아주 잠깐 직접 갈아입힐까 고민도 했었다. 물론 혼자만의 상상의 나래였는데, 그런 생각을 잠시라도 했다는 사실에 그녀는 너무나 부끄러웠다.

물론 이화운도 그 사실을 알았다. 두 사람이 나눴던 대화도 잠결에 들었지만, 모른 척했다. 이화운 정도쯤 되는 고수는 아무리 피곤해도 정신을 잃을 정도로 잠이 들지는 않으니까.

이화운이 그녀 옆에 나란히 앉았다. 그녀는 어제 일에 대해 묻고 싶었다.

대체 누구와 그렇게까지 싸웠느냐고.

하지만 그녀는 묻지 않았다. 왠지 이화운이 대답하고 싶지 않은 일일 것 같아서였다. 어제의 그 피는 분명 이화운의 사문과도 관련이 있었으니까. 그냥 그가 무사히 돌아온 것만 생각해도 기분이 좋았다.

이화운이 모닥불을 응시하며 나직이 말했다.

"고마워."

"그럼요, 얼마나 무거웠는데요."

피식 웃으며 이화운이 물었다.

"그런데 어떻게 알고 마중 나왔던 거지?"

설수린은 손가락에 낀 원앙환을 보며 말했다.

"이 반지가 울었어요."

"반지가 울었다고?"

이화운이 놀란 표정으로 되묻자 설수린도 덩달아 놀랐다.

"왜요? 뭐가 잘못된 건가요? 반지가 울면 안 되나요?"

"아니. 그냥 신기해서."

"신기하긴 하네요. 검도 아니고 반지가 울다니. 어쨌든 나쁜 일은 아니라고 생각해요. 덕분에 당신도 데려올 수 있었고. 나 아니었어봐요. 땅바닥에서 누워 자다가 입 돌아갔을 거라고요."

이화운이 피식 웃었다.

저 미소를 못 보면 정말 슬플 것 같다. 그러니 당신 제발 몸조심 좀 하라고요.

설수린이 솥뚜껑을 열어서 안을 들여다보았다.

"다 익은 것 같네요. 이제 먹어도 될 것 같아요."

"어서 먹고 나가자고."

"또 어디를요? 저도 같이요?"

이화운이 고개를 끄덕이며 말했다.

"당신이 나보다 더 잘 아는 곳이거든."

* * *

같은 시각, 삼호는 두 번째 거처에 있었다.

그곳 역시 앞선 거처와 마찬가지로 정육점이었다. 겉모습은 달랐지만, 그녀가 고기를 손질하는 작업실은 예전 그곳과 똑같았다.

벽의 색이며 탁자 크기, 하다못해 손을 닦는 천이 걸린 자리까지 같은 위치였다. 그녀의 성격을 단적으로 말해 주는 일면이었다.

고기를 다듬는 그녀의 손놀림에 잡념이 가득했다. 당연히 잘린 고기는 평소와 달리 거칠었다.

그곳으로 육호가 들어섰다.

"괜찮으십니까?"

걱정스러운 그의 물음에 삼호의 입가에 평소답지 않은 조소가 피어올랐다.

"어떤 의도로 묻는 말이죠?"

가시가 돋친 말이었기에 육호는 고개를 숙이며 황급히 말했다.

"죄송합니다. 제가 실수했습니다."

삼호의 이런 신경질적인 반응은 이번이 처음이었다.

'이번 일의 실패로 흔들리고 있군.'

그런 육호의 마음을 읽은 것일까? 삼호는 재빨리 평소의 모습을 되찾았다.

"제가 예민했군요. 사과하죠."

"아닙니다. 그러실 필요 없습니다."

"소식 들었나요?"

"네. 이화운이 준비된 함정을 뚫고 탈출했다고."

그 과정에서 많은 희생이 있었다고 했다. 쇄혼망까지 끊어졌다는 소식에 육호는 매우 놀랐다. 쇄혼망을 사용하는 막소병은 불패의 암살자였다. 하지만 믿었던 그도 그날 동원된 수많은 고수와 함께 목숨을 잃었다.

잠시 사이를 두고 육호가 말했다.

"어떻게 들으실지 모르겠지만, 저는 삼호님이 더 대단하다고 생각합니다."

"어떤 점에서요?"

"함정을 빠져나가는 것이야 무공이 뛰어나면 누구나 할 수 있는 일이지만, 그를 이곳까지 끌어들여서 함정에 빠뜨리는 것은 누구도 쉽게 하지 못하는 일이니까요."

그러자 삼호가 활짝 웃었다. 조금 전의 그 신경질적인 반응과는 매우 대조되는 웃음이었다.

"그건 아주 쉬운 일이에요. 또 하나의 저를 만들면 되는 일이거든요."

"무슨 뜻이신지요?"

"내가 삼공자의 경우라면 어떻게 했을까? 그럼 금방 해답이 나오지요."

"아!"

그제야 육호는 그녀의 말뜻을 이해했다. 한마디로 이화운이 자신만큼이나 똑똑하니, 자신이라면 어떻게 했을까를 생각하면 그의 행동을 예측할 수 있다는 뜻이었다. 이화운에 대한 찬사는 계속 이어졌다.

"누군가 내게 제갈명과 삼공자, 그 두 사람 중에 누구를 상대하고 싶냐고 묻는다면 나는 한 치의 망설임도 없이 제갈명을 선택할 거예요."

“그 정도란 말씀이십니까?”

삼호가 망설이지 않고 고개를 끄덕이며 대답했다.

“그는 정말 대단한 사람이지요.”

“그렇다면 한 가지 궁금한 점이 있습니다.”

“뭐죠?”

“왜 지금까지 그를 살려둔 것입니까?”

자신이 아는 삼호라면 어떤 수를 썼건 그를 제거했을 것 같았다.

삼호가 가볍게 한숨을 내쉬었다.

“거기에는 복잡한 사정이 있어요.”

육호가 예상하기에 아마도 일호나 이호가 관련된 일일 것 같았다. 그들은 대체 누구일까? 육호도 너무나 궁금했다. 물론 그런 내색은 절대 하지 않았다.

“이젠 어쩌실 작정이십니까?”

삼호가 고개를 들어 창밖을 쳐다보았다.

“이미 다음 단계를 진행하라는 명령이 내려갔어요.”

음모는 계속되고 있었다.

*　　*　　*

이화운이 가자고 한 곳은 정보 상인 서공찬이 있는 낭인 소개소였다.

처음 방문했을 때와는 달리 서공찬은 함박웃음을 지으며 두 사람을 맞이했다.

"하하하하! 어서 오십시오!"

물론 지난번에 이화운이 낸 이천 냥의 위력이었다.

설수린이 어이없다는 표정을 지으며 고개를 내저었다.

"차라리 그냥 이천냥 님이라고 부르시지?"

"그럴 수야 없지. 앞으로 이만냥 님이 될 수도 있는 분이신데. 뭐, 당신은 이십냥 님이라 불러줄 수도 있겠지만."

설수린이 눈을 치켜뜨자 서공찬이 재빨리 말했다.

"자자, 농담은 여기까지 하고. 그래서 오늘은 무슨 일로 오셨나?"

설수린이 힐끗 이화운을 쳐다본 후 대신 말했다.

"섬서에서 온 이화운 공자에 대한 정보, 있지?"

"물론 있지."

"줘. 싹 다. 오줌싸개 시절부터 어제까지, 모두 다."

"그 사람 것은 비싼데."

"얼만데?"

"십만 냥."

잠시 그를 응시하던 설수린이 검을 반쯤 뽑아들었다.

스릉.

서공찬이 손사래를 치며 뒤로 한발 물러섰다.

"농담이야."

"당연히 그래야지."

"처음 그가 이곳에 왔을 때는 백 냥이었는데, 이제는 삼천 냥이야."

설수린이 황당해하는 표정을 지었다.

"며칠 새 서른 배가 뛰었어?"

"그 사이 많은 일이 있었으니까."

그녀는 서공찬이 왜 저런 말을 하는지 알 수 있었다. 섬서 이화운은 이제 강호가 주목하는 영웅이 되었기 때문이었다.

"하지만 이번에는 특별히 삼백 냥으로 해주지."

"어쩐 일로?"

"다음에 찾아올 때는 정말 큰 건수로 올 것이라 믿으니까."

농담처럼 말했지만 서공찬은 진심이었다. 오랫동안 정보 상인으로 잔뼈가 굵은 그였다. 그는 돈 냄새를 맡고 있었다.

이화운이 품에서 백 냥짜리 전표 석 장을 꺼내 그에게 건넸다.

"그 정보는 필요 없소."

"뭐요?"

서공찬은 물론이고 설수린도 깜짝 놀랐다.

"그 사람에 대해 알아보자고 온 것 아니었어요?"

"그의 과거는 필요 없지."

"그럼요?"

"사람을 하나 찾아주시오."

"어떤 사람을?"

이화운이 한 사내의 이목구비를 설명했다.

"이름은 임하령이오."

다섯 사형제 중 넷째, 바로 꿈에서 본 그였다.

"이름만으로 사람 찾는 게 쉽지 않은데. 좋소. 그간의 정도 있으니 내 특별히 삼백 냥에 해드리지."

설수린이 버럭 소리쳤다.

"지랄염병한다! 이 도둑놈아! 비싸도 너무 비싸잖아! 사람 하나 찾는 데 삼백 냥이나 받아 처먹으면서 생색까지 내다니!"

"찾으셨던 도둑은 이미 찾아드렸지요."

능글거리는 그를 보며 설수린은 한숨을 내쉬었다.

"말이나 못하면!"

"설 대주, 지금 이 순간, 어디선가는 이보다 열 배, 백 배는 더 큰돈이 오가고 있을걸. 다 그런 거야. 그게 강호지."

"내 강호에는 그런 것 없다니깐!"

하긴. 그래서 월봉이나 받으며 몸 바쳐 일하고 있는 것이겠지.

그나마 삼백 냥이 덜 아깝게 느껴지는 것은 이화운이 통은 커도, 헛된 돈을 쓰고 다니는 사람이 아님을 믿어서였다. 깎지는 않아도, 바가지는 쓰지 않는 사람이니까.

그나저나 대체 임하령이 누굴까? 설마 여자는 아니겠지? 왠지 여자 이름 같은데?

여자일지 모른다는 생각에 설수린은 살짝 긴장되었다.

이봐, 설수린! 여자면 어때? 그게 나랑 무슨 상관이라고.

그렇게 복잡한 심경으로 돌아서는데 뒤에서 서공찬이 이화운에게 말했다.

"당신에 대한 정보도 있는데."

문득 궁금한 마음이 들어 설수린이 그에게 물었다.

"이 사람 것은 얼마지?"

"십만 냥. 단 한 푼도 깎아줄 수 없는 십만 냥."

설수린이 웃으며 말했다.

"누가 그 엄청난 돈을 주고 사겠어?"

"과연 그럴까?"

서공찬이 의미심장한 눈빛을 발했다.

"조만간에 사러 올 사람이 있을 것 같은데."

설수린의 표정이 진지해졌다.

"사려는 사람이 오면 팔 거야?"

"이봐. 난 장사꾼이라고."

그때 이화운이 끼어들며 말했다.

"얼마든지 팔아도 괜찮소."

"역시 화통하시구려."

설수린이 목에 손날을 스윽 그으며 음산하게 말했다.

"돈 밝히다가 한 방에 가는 수가 있어."

"이 목은 제가 돈을 떡칠해서라도 잘 관리합니다요. 그러니 우리 스무 냥 고객님이나 조심하십시오."

히죽거리며 말했지만 서공찬은 조금은 그녀를 걱정하고 있었다.

"망할 놈! 잘 먹고 잘 살아라!"

그렇게 설수린과 이화운이 밖으로 나왔다.

건물 밖에서 그녀가 조심스럽게 물었다. 다른 것은 다 참아도 이것은 궁금함을 참을 수 없었다.

"임하령이 누구죠?"

다행히 이화운이 순순히 대답해 주었다.

"내 사제."

사제면 남자다! 여자였다면 사매라고 했을 테니까. 설수린이 내심 안도했다.

"사제는 왜 찾으시는데요?"

"그에게 물어볼 것이 있어."

"그렇군요."

이 사람은 그야말로 일을 착착 진행한다. 거대한 상대와 맞붙어도 전혀 겁을 먹는 기색도 없다. 고민하는 것 같지도 않다. 그런 모습을 비하면 그녀 자신은 그야말로 온실에서 자란 화초란 생각이 들었다.

정말이지 이화운을 만나기 전에는 상상도 못 했던 일을 벌이고 있으니까.

"아, 그리고 제발 미리 이야기 좀 해줘요."

"뭘?"

"뭐긴요. 무슨 정보를 사러 갈 것이다, 괜히 부끄러웠잖아요."

"아, 미안하군. 당신이 설마 그에 대해 물을 줄은 몰랐어."

아! 날 두 번 죽이시는군.

"제 뇌의 용량은 당신과 다르다고요! 아주 작다고요!"

그녀의 말에 이화운이 풋 하고 웃었다. 그의 반응에 설수린이 깜짝 놀랐다.

"당신? 처음으로 소리 내서 웃었어요."

"그럴 리가."

이화운이 정색하며 딱 잡아뗐다.

"난 웃지 않았어."

"분명 웃었다고요."

"그럴 리가? 잘못 들었겠지."

"잘못 듣기는요? 똑똑히 봤는데. 사람이 왜 웃는 것을 부끄러워해요? 잘 웃는 사람이 좋은 건데."

"어쨌든 난 안 웃었다고."

앞서 걸어가는 이화운을 보며 그녀가 미소를 지었다. 아주 가끔 저런 모습을 볼 때면 이화운에게도 인간적인 면이 숨어 있음을 느낀다. 저런 면, 나쁘지 않아. 아니, 조금 더 자주 볼 수 있으면 좋겠다는 생각이 들었다.

이화운을 뒤따라 걸어가며 그녀가 웃으며 말했다.

"하하하, 앞으로 소소객(笑笑客) 님이라고 불러야겠어요."

第四章
재회

天下第一

전각주 사도명이 내원 깊숙한 곳을 걸어가고 있었다.

저 멀리 맹주전이 보이자 그가 잠시 발걸음을 멈추었다.

'천무광, 이제 얼마 남지 않았다.'

아주 잠깐 오호로 돌아간 그의 눈빛이 칼날처럼 예리해졌다. 하지만 이내 그런 내심을 감춘 채 다시 발걸음을 옮기기 시작했다.

그가 도착한 곳은 문서 보관소였다. 맹 내의 여러 사업과 관련한 서류가 보관된 곳이었다.

입구에 무인 둘이 지키고 서 있었다. 복장은 내원을 수비하는 여느 무인들과 같았지만, 그들의 수준은 달랐다. 두 사람 모두 일류 고수였던 것이다.

사도명이 그들에게 신분패를 내밀었다. 신분패를 확인한 후, 두 사람이 문을 열어주었다.

"들어가십시오."

"수고하게."

안으로 들어선 사도명이 좁은 복도를 지나 그 끝에 있는 문서 보관소 내부로 들어섰다.

안쪽 너른 공간에 수십 개의 책장이 있었고, 그곳에 일반 문서들이 보관되어 있었다. 그것은 일반 무인들도 열람할 수 있는 문서들이었다.

다시 구석에 문이 있었고, 그 앞을 무인 둘이 지키고 서 있었다.

다시 한 번 신분 검사를 거친 후, 그들은 문을 열어주었다. 복도를 지나 다음 방으로 들어갔다. 이곳은 제이 문서 보관소로 대주까지 열람이 가능한 문서가 보관된 방이었다.

사도명이 다시 같은 과정을 거쳤다. 단주급이 열람할 수 있는 일급 기밀문서들이 가득 찬 방의 끝에도 문이 있었다.

제삼 문서 보관실로 향하는 이번 복도는 앞서와 달랐다. 복도 양쪽 벽으로 수백 개의 바늘구멍이 나 있었다. 그것은 침입자가 들어오면 그곳에서 일제히 독침이 발출되는 공격형 기관 장치였던 것이다.

복도 끝에 두 사람의 무인이 지키고 서 있었는데 그들은 일류를 넘은 절정 고수들이었다.

그들은 신분패뿐만 아니라 다른 검사도 했다. 문 옆에 작은 판이 설치되어 있었다.

사도명이 거기다 손바닥을 댄 후, 내공을 주입했다.

우우우웅!

판이 한차례 진동하더니 찰캉 금속음을 내며 자동으로 문이 열렸다. 이 기관은 사전에 등록된 내공을 확인하는 기관이었다. 고수들은 각기 고유의 독문심법이 있었기에 그것에 착안하여 만들어진 신분 확인 방법이었다.

"확인되었습니다. 들어가셔도 좋습니다."

사도명이 안으로 들어섰다.

쿠르르릉.

기관이 작동하며 그곳이 지하로 내려갔다.

문이 열리자 기다란 복도가 펼쳐져 있었다. 앞서 복도가 양옆에 구멍이 나 있었다면, 이곳은 바닥과 천장까지 셀 수 없는 구멍이 나 있었다.

그 앞에서 다시 사도명이 벽에 부착된 주판이 달린 기관을 작동했다.

매일 바뀌는 이 숫자를 잘못 입력하면 경고음이 들려온다. 곧장 되돌아서 나가지 않으면, 그곳에서 수백 개의 독침에 맞아 죽게 되는 것이다.

정해진 숫자를 입력하자 마지막 문이 열렸다. 사도명이 안으로 들어섰다.

이곳이 바로 무림맹의 최고 기밀이 보관된 곳이었다.

맹주를 비롯해 제갈명, 전각주인 사도명, 그 외 중요한 역할을 맡은 단주들, 그리고 몇 명의 원로 고수만 출입할 수 있었다.

문을 열고 들어가자 만년한철로 된 촘촘한 쇠창살이 있었고 그 안에 중년의 무인 하나가 책상에 앉아 있었다. 분위기만 봐선 마치 전장에서 회계원이 앉아 있는 것만 같았다.

그가 웃으며 인사를 건넸다.

“전각주로 부임하신 일, 감축드립니다.”

“고맙네. 앞으로 잘 부탁하네.”

“어떤 자료를 열람하시겠습니까?”

“작년 전각의 비밀 임무를 보여주게.”

무인이 서류에 그에 대해 적었다. 그가 자료를 찾으려고 자리에서 일어나는데 사도명이 그를 불렀다.

“참, 그리고…….”

사내가 고개를 돌리는 그 순간.

번쩍.

사도명의 눈빛에서 광채가 뿜어져 나갔다. 순간 사내의 눈에서 총기가 사라졌다. 강력한 섭혼술로 상대를 현혹한 것이다.

“오 년 전 십삼회와 관련된 물건 중에 십삼회주의 신분패가 있다. 그것을 가져와라. 기록에는 남기지 말고.”

“네.”

사도명도, 대답하는 사내도 원래 자신의 목소리가 아니었다.

하지만 기밀 보관소 깊숙한 곳에서 일어난 이 일을 그 누구도 알 수 없었다.

*　　*　　*

“와! 움직여요! 정말 움직여요.”

일곱 살쯤 되어 보이는 꼬마가 환호성을 질렀다. 다리가 불편한 아이는 언제나 방에만 갇혀 지내야 했다.

하지만 지금 아이가 탄 수레는 아이에게 자유를 주었다. 팔 받침대에 있는 손잡이를 조작하는 것만으로 수레가 자유자재로 움직였던 것이다. 부모가 밤늦게까지 일을 해야 했기에 언제나 방에만 갇혀 지냈던 아이였다.

"이 수레라면 저 앞 언덕 아래까지 혼자서 다녀올 수 있을 것 같아요."

"하하, 그래도 항상 조심해야 한다. 만에 하나라도 작동을 하지 않으면 여기에 있는 폭죽을 터뜨려서 도움을 청하도록 해라."

수레 옆에는 작은 주머니가 달려 있었고, 그 안에 비상용 폭죽이 들어 있었다. 그리고 반대쪽 주머니에는 육포가 가득 들어 있었다.

육포는 고기를 말린 것인데, 강호인들이나 부잣집에는 흔한 음식이지만, 아이의 집처럼 가난한 집에서는 쉽게 구할 수 없는 음식이었다.

"임 공자님, 정말 고맙습니다. 매번 이렇게 신세를 져서 어쩌지요?"

아이의 모친은 송구스러운 얼굴로 몇 번이나 고개를 숙여 인사했다.

"하하, 아닙니다. 그냥 있는 재료를 가지고 소일거리 삼아 만든 것이니 개의치 마십시오."

"그래도 그렇지요."

"나중에 저녁에 양이 보러 올 테니, 아주머니의 특별식 맛 좀 보여주십시오."

"그까짓 것이 뭐라고."

말이 특별식이지 그냥 산에서 나는 들풀로 끓인 국이었다. 그런 국을 청년은 산해진미보다 더 맛있게 먹어 주곤 했다. 아무리 시골 촌년이라지만, 그녀는 잘 알았다. 아이에게 만들어 준 저 수레의 가치가 엄청 높다는 것을. 자신들이 평생 벌어도 갚지 못할 그런 물건이란 것을.

"그럼 나중에 뵙겠습니다."

"형, 나중에 봐."

청년이 아이의 머리를 쓰다듬어 준 후 그곳을 나왔다. 문 앞에서 그가 깜짝 놀랐다.

남녀 두 사람이 그 앞에 서 있었던 것이다. 그중 남자를 보며 청년이 놀라 말했다.

"화운 사형?"

설수린과 함께 기다리고 있던 사내는 바로 이화운이었다. 이화운이 희미하게 웃으며 말했다.

"꼬맹이, 잘 지냈어?"

일각 후, 세 사람은 인근에 있는 임하령의 집으로 들어섰다. 정보상인 사공찬에게 연락이 온 것은 사흘 전이었다. 그 길로 맹을 나섰는데 다행히 임하령은 아주 먼 곳에 살고 있지는 않았다.

"잠시만 기다려 주십시오."

임하령이 문 옆 담벼락에 올라와 있는 몇 개의 작은 돌을 연속해서 돌렸다.

아무 소리도 나지 않았지만, 설수린은 그 행동이 기관 장치를 해제하는 것임을 알아차렸다.

앞서 보았던 수레 역시 보통의 손재주가 아니었다. 적어도 그녀는 뒤에서 밀지 않아도 혼자 굴러가는 수레를 본 적이 없었으니까.

두 사람이 기다리는 사이 임하령이 손수 차를 끓였다. 깔끔하게 정리된 방만 봐도 그의 성격을 알 수 있었다.

"대체 어떻게 수레가 혼자 움직이는 거죠?"

설수린의 말에 임하령이 돌아서며 웃었다.

"비밀입니다."

"정식으로 인사드릴게요. 전 설수린이라고 해요."

"임하령입니다. 아시다시피 화운 사형의 사제입니다."

"전……."

뭐라고 소개를 해야 할까 잠시 망설이던 그때, 이화운이 대신 그녀를 소개했다.

"내 친구다."

친구란 말에 설수린은 깜짝 놀랐다. 한 번도 친구란 생각을 해본 적도 없었고, 더구나 그의 입에서 친구란 말이 나올지 상상도 못 한 탓이었다. 잠시 멍하게 이화운을 쳐다보던 그녀가 뒤늦게 대답했다.

"만날 구박받는 친구죠."

그녀의 농담에 임하령이 활짝 웃었다.

"사형에게 구박받기가 쉽지 않은데요?"

"네?"

"우리 사형은 아무에게나 구박 안 하거든요."

그녀는 무슨 말인지 알 것 같았다. 이 사람, 어지간하면 다 피해버리고 상종을 안 해 버릴 사람이었으니까. 이런 사람에게 친구 소리까지 들었으니. 나, 요즘 매력 폭발인 거지.

임하령이 예쁜 다기에 차를 내왔다. 차를 한 모금 마신 설수린이 그 향과 맛에 감격했다.

"아, 차 맛이 끝내주는데요?"

"제가 직접 재배한 차랍니다."

"오! 정말 대단하세요."

두 사람은 제법 죽이 맞았다. 반면 이화운은 묵묵히 차를 마시고만 있었다.

"그런데 어떻게 절 찾으셨나요?"

이화운이 아무 대답이 없자 설수린이 장난스럽게 대답했다.

"요즘 돈 있으면 다 해결되죠. 금방 찾아주던데요?"

"그렇군요."

임하령이 씁쓸한 미소를 지었다.

"한데 왜 절 찾아오셨죠?"

그것까진 대신 대답해 줄 수 없었기에 설수린이 이화운을 쳐다보았다.

이윽고 이화운이 입을 열었다.

"대사형이 강호로 나섰다."

흠칫 놀란 임하령은 이내 무뚝뚝한 표정으로 말했다.

"왜 절 찾아오신 겁니까?"

앞서와 같은 물음이었지만 그 느낌이 달랐다. 대사형이란 말을 듣는 순간 그는 경직된 것이다.

"혹시 대사형의 행방에 대해 아는 것이 있느냐?"

"전 모릅니다."

그는 마치 대사형과 관련된 일에는 일절 상관하고 싶지 않다는 태도였다.

"네가 알고 있다는 것을 안다."

"……."

"아니라면 찾을 수 있는 단서라도 있겠지."

임하령의 침묵은 긍정의 침묵이었다. 하긴 그가 안다는 것을 확신했기에 이곳까지 찾아왔을 것이다. 그녀가 봐온 이화운은 그런 사람이었으니까.

"대사형을 찾아서는요?"

"막아야지."

순간 임하령의 눈동자가 두려움으로 흔들렸다.

"아무리 화운 사형이라도 대사형을 감당할 수는 없어요."

이화운에 대한 믿음과 대사형에 대한 두려움이 동시에 깃든 말이었다. 임하령이 자신의 찻잔을 내려다보며 힘없이 덧붙였다.

"대체…… 왜 이런 일이 일어난 거죠?"

바로 그때, 그들 뒤에서 누군가 말했다.

"나 때문이다."

돌아보니 둘째 사형인 곽풍이 문 옆에 서 있었다. 얼굴의 그 큰 상처만큼이나 서글픈 목소리로 그가 힘없이 덧붙였다.

"……이번 일은 전적으로 내 책임이다."

*　　*　　*

수레 한 대가 무림맹 외원에 있는 소각장으로 들어서고 있었다.

수레에는 온갖 쓰레기들이 한가득 담겨 있었다. 워낙 많은 사람이 생활하는 장소다 보니 이곳 소각장에서 하루 동안 불태우는 쓰레기의 양은 엄청났다. 그런 곳이었기에 무림맹 내의 여러 건물에서 나온 쓰레기 수레들이 하루에도 수십 번씩 들락거렸다.

"수고하십니다."

수레를 몰고 온 사내가 십여 평 남짓한 건물에 앉아 있던 소각장 책임자에게 인사를 건넸다. 이번에 들어온 수레는 전각에서 나온 수레였다.

"들어와서 한잔하고 가."

그와는 개인적인 친분이 있었기에 책임자 사내는 창으로 고개를 내밀고 그를 불렀다. 근무시간에 술을 마셨다간 불호령이 떨어질 일이지만, 소각장의 하급 무인들에게 낙이라곤 고된 일을 하면서 사이사이 마시는 술 한 잔이 전부였다. 그래서 상부에서도 대충 눈감아 주고 있었다.

수레를 몰고 온 사내가 건물로 들어가자, 소각장에서 일하는 덥수룩한 수염이 난 사내가 수레를 끌고 가서 담긴 쓰레기를 한옆으로 쏟아부었다.

그리고는 기다란 쇠스랑을 들고 쓰레기를 펼치며 정리하기 시작했다. 태워야 할 것과 묻어야 할 것을 정리하는 것이다.

잠시 후, 그는 쓰레기에서 손바닥만 한 가죽 주머니를 주워서 품에 넣었다. 쓰레기 더미에서 쓸 만한 물건을 찾아 챙기는 것 역시 일상적인 일이었기에 아무도 그의 행동에 신경을 쓰는 사람은 없었다.

그 물건이 휴식 시간에 무림맹 밖으로, 다시 구호의 손을 거쳐 삼호에게 전해질 것이란 것을 아는 사람 역시 아무도 없었다.

*　　*　　*

집 안으로 들어온 곽풍은 술부터 찾았다.

임하령이 술을 가져다주자 그는 병째로 벌컥벌컥 마셨다. 그 모습에서 그의 복잡한 심경을 읽을 수 있었다.

설수린은 그가 어떻게 이곳에 모습을 드러냈는지는 알 수 없었다. 자신들을 뒤따라 왔는지, 아니라면 임하령을 찾아온 것인지. 혹은 이 부근을 맴돌고 있었던지.

임하령이 조심스럽게 물었다.

"사형, 아까 하신 말씀이 대체 무슨 뜻입니까?"

모든 것이 자신의 책임이라는 말.

곽풍은 질문을 던진 임하령 대신 이화운을 쳐다보았다. 깊은 회한에 찬 눈빛은 그가 이곳에 온 목적이 임하령 때문이 아니라, 이화운 때문임을 말해주고 있었다.

곽풍이 이화운을 오래 쳐다보지 못하고 그의 시선을 외면했다.

"그날 널 만난 날 내가 말했지. 어디서부터 잘못되었을까라고. 난 알고 있었다. 어디서부터 잘못되었는지."

그리고 뜻밖의 말이 이어졌다.

"맹호질주(猛虎疾走)."

난데없는 말에 임하령이 의아한 표정으로 물었다.

"맹호질주라면 사형들의 무공인 백호검법의 한 초식 아닙니까?"

그들 사형제가 사부에게 배운 무공은 사신공(四神功)이라 불리는 네 개의 무공이었다.

사신공은 청룡도법(青龍刀法), 백호검법(白虎劍法), 주작창법(朱雀槍法), 현무권법(玄武拳法)으로 나뉘어 있었는데, 그들의 사부인 추삼하는 첫째 제자인 백리철(百里鐵)에게는 청룡도법을, 둘째 곽풍과 셋째 이화운에게는 백호검법을, 넷째 임하령에게는 주작창법을, 그리고 막내에게는 현무권법을 전수했다.

그 하나하나의 무공은 천하십대무공에 버금가는 위력을 지닌 극상승의 무공이었다.

"맞다. 백호검법의 초식이지. 그중에서도 가장 난해한 초식 중 하나이다."

"한데 갑자기 왜 그 초식을?"

곽풍의 시선이 다시 이화운을 향했다.

"화운이는 그 초식을 단 한 번 만에 확실히 익혔지."

임하령이 깜짝 놀랐다. 백호검법은 물론이고 사신공의 무공 자체가 아주 심오해서 한 번 만에 익히는 것은 불가능한 일이었다.

대화를 듣고 있던 설수린은 그것이 무슨 말인지 알 수 있었다. 일전에 곽풍을 처음 본 날 하나의 장면을 떠올렸었다. 그 장면 속의 곽풍이 이화운에게 말했다. 한 번에 초식을 익힌 것을 둘만의 비밀로 하자고. 사부에게도, 사형제들에게도.

이내 임하령은 그 사실을 수긍했다.

"화운 사형이라면 그럴 수도 있었겠지요. 우리 사형제 중 가장 먼저 대성을 이뤄냈잖아요?"

이화운은 무공에 대한 재능이 탁월했다. 천부적인 재능을 타고났다는 이야기를 자주 들었으니. 그건 사부도 사형제들도 모두 인정하는 바였다.

하지만 곽풍이 그 이야기를 꺼낸 것은 단지 그 말을 하기 위함이 아니었다.

"화운이는……."

잠시 말을 흘렸다. 다음에 나올 말을 생각하면 그 망설임은 너무나도 당연했다.

"사신공(四神功)을 모두 익혔다."

*　　　*　　　*

"대체 어떻게 사신공을 모두 익혔다는 말씀입니까?"

임하령의 목소리가 떨렸다. 사신공은 하나를 익히는 것조차 정말 힘든 무공이었다.

한발 양보해서 두 개를 익혔다면 이해할 수 있었다. 하지만 네 개의 무공을 모두 익혔다는 것은 임하령의 상식에서는 불가능했다.

그리고 결정적으로 한 가지.

"제게 그런 말을 한 적 없잖아요?"

이화운은 아무 대답도 하지 않았다. 그 침묵에 긍정과 미안함이 모두 담겨 있었다.

혹시나 하는 마음으로 임하령이 다시 물었다.

"설마 모두 대성(大成)을 이룬 것은 아니겠지요?"

처음 무공을 배우면 일성부터 깨달음을 얻는다. 이성, 삼성, 사성…… 그리고 구성을 거쳐 최종적으로 그 무공에 담긴 모든 무의(武意)를 깨달으면 대성을 이루는 것이다.

일반적으로 강호인들은 자신이 익힌 무공의 대성을 이루지 못하고 죽는 경우가 허다했다. 아무리 하류 무공이라도 무공을 대성한다는 것은 어려운 일이었다. 그럴진대 사신공과 같은 극상승의 무공이라면?

곽풍은 다시 술을 들이켰고, 이화운은 아무 말 없이 탁자만 내려다보고 있었다.

곽풍이 술병을 내려놓으며 대답했다.

"그래, 셋째는 사신공 모두 대성을 이뤘다."

임하령은 경악했다.

"믿을 수 없습니다. 아무리 사형이라지만. 그건 사부님께서도 못 해내신 일이지 않습니까? 아니, 불가능한 일이라고 하셨잖습니까?"

이화운은 아무 대답도 하지 않았다. 임하령이 놀란 마음을 진정시키며 나직이 내뱉었다.

"……가능한 일이었군요."

그래, 이화운이니까 가능할 수도 있는 일이었다. 세상에는 보통 사람들은 이해할 수 없는 천재들이 존재하는 법이니까.

예전 산중장원에서 이화운이 봉인을 풀었을 때, 그의 몸에서 나온 기운이 청룡 백호 주작 현무의 모습을 한 것도 그 때문이었다.

물론 무공을 여러 개 익힌다고 그만큼 더 강해진다는 보장은 없었다. 다양하게 무공을 익힌 것보다 하나의 무공을 제대로 익힌 사람이 더 강했으니까.

임하령은 의문은 바로 거기에 있었다.

'왜 화운 사형은 사신공 모두를 익힌 것일까?'

그래서 빠르게 물었다.

"사신공은 사부님께서 전수해 주신 겁니까?"

당연한 질문이었지만 의구심도 들었다. 사부는 언제나 딴생각 말고 자신이 익힌 하나의 무공에만 집중하라고 강조하셨다.

실제 추삼하 역시 대성을 이룬 무공은 청룡도법과 백호검법, 둘이었다. 그것도 평생을 노력해서 말년에 이뤄낸 성과였다.

곽풍의 굳어진 표정에 괴로움이 피어올랐다.

"모든 것은 나 때문이다."

처음 했던 말을 이제 그가 다시 꺼내고 있었다. 그리고 그 대상은 임하령이 아니라 이화운이었다.

"운아, 내가 약속을 어겼다. 약속을 어긴 사람은 바로 나다."

이화운이 담담히 대답했다.

"어쩌면 그럴지도 모르겠다는 생각을 했었습니다."

"미안하구나."

사부보다도 먼저 이화운의 천부적인 재능을 발견한 사람은 곽풍이었다. 그리고 그것을 비밀로 하자고 했던 사람도 바로 자신이었다.

"대사형에게 말씀하신 겁니까?"

그러자 곽풍이 흠칫 놀랐다.

"어떻게 알았느냐?"

"그랬을 것이란 생각이 들었습니다."

"결국, 그 때문에 사부의 귀에 들어갔으니 어차피 내가 누설한 것이나 마찬가지다."

이화운은 왜 말했느냐고 묻지 않았다. 자신과 둘째 사형과의 관계가 있듯, 둘째 사형과 대사형과의 관계도 있었을 테니까.

곽풍은 그것이 사부의 귀에 흘러들어 가게 될 줄은 생각지 못했을 것이다. 대사형은 정말이지 입이 무거운 사람이었으니까.

이화운은 곽풍을 이해했다. 자신이라도 대사형을 믿었을 것 같았다. 당시에 대사형이 사제들에게 주는 믿음은 정말이지 절대적이었으니까.

"그 일로 사형을 찾아갔었지."

곽풍이 그날의 일을 떠올렸다.

"대체 왜 사부님께 말한 겁니까?"

곽풍이 고함을 내질렀다. 얼굴에 상처가 없는 젊은 시절의 그였다.

"사형을 믿고 드린 말씀이었습니다."

대사형 백리철은 뒷짐을 진 채 말없이 산 아래를 바라보고만 있었다. 까마득히 높은 그곳은 바로 그들의 장원이 있던 산의 정상이었다.

"사형!"

곽풍은 진심으로 백리철을 좋아했다. 진심으로 믿고 따랐기에 그에게 이화운의 재능에 대해 말해주었다. 그만은 알아야 한다고 생각해서였다. 비밀은 지켜질 것이라 믿었다.

그러했기에 곽풍은 진심으로 화를 내고 있었다.

이윽고 백리철이 입을 열었다.

"화운이가 사부님의 숙원을 풀어줄 아이일지도 모른다."

"그게 무슨 말씀이십니까?"

"본래 사신공은 하나의 무공에서 분리된 것이다."

"네?"

곽풍이 깜짝 놀랐다. 그는 처음 듣는 말이었던 것이다.

"사신공은 본래 네 개의 무공을 모두 대성하면 다섯 번째 무공을 익힐 수 있는 자격을 갖추게 된다. 다섯 번째의 무공, 그것이 진짜 사신공의 무공이지. 하지만 너도 알다시피 그건 보통 사람으로서는 불가능한 일이지. 하나의 무공을 대성하는 것도 힘든 일이니까. 사신공을 익히던 후인들이 그것을 분리한 것도 그러한 이유 때문이다."

곽풍이 떨리는 목소리로 물었다.

"설마 그것을 이룬 사람이 있단 말입니까?"

"적어도 무공을 창시한 분은 이루었겠지. 또 수백 년을 이어져 내려오면서 천부적인 재능을 지닌 한두 명은 이루었을지도 모르지."

"대체 이런 엄청난 이야기를 누구에게 들은 겁니까?"

"사부님이다. 내가 처음 제자가 되었을 때 말씀해 주셨지."

둘째 제자인 자신은 듣지 못했으니, 그 이후로는 그에 대해 제자들에게 언급하지 않은 것이다.

"사부님은 그것을 이루기 위해서 평생을 노력하셨다. 하지만 그런 사부님조차 두 개의 대성을 이룬 후, 세 번째 주작창법은 팔성에 머무르셨지. 사부님에게 있어 사신공의 완성은 평생의 숙원을 이루는 것이다."

"아!"

그제야 곽풍은 백리철을 이해한다는 표정을 지었다. 제자 된 도리로 사부님의 숙원이란 말에 다른 이유는 필요하지 않은 것이다.

백리철은 담담히 말을 이어갔다.

"난 화운이가 사신공을 대성해서 사부님의 꿈을 이뤄주기를 바란다. 그래서 사부님께 말씀드린 것이다."

"사형! 제 생각이 짧았습니다. 부디 용서해 주십시오."

곽풍이 그의 등 뒤에서 고개를 숙였다.

그때 그는 보지 못했지만, 백리철의 입꼬리가 살짝 말려 올라갔다. 그것은 결코 사부를 위하는 제자의 미소가 아니었다.

"그때 눈치챘어야 했지. 사형이 다른 마음을 품고 있다는 것을. 그것을 위해 나를 속였다는 것을."

곽풍의 이야기가 끝나자 침묵이 흘렀다.

설수린은 이 일을 계기로 그들에게 어떤 큰일이 벌어졌음을 알 수 있었다.

이화운의 천재적인 재능을 이용해서 대사형이 뭔가 일을 꾸민 것이다. 그리고 그것이 발단이 되어 어떤 사건이 벌어졌고, 그 결과 그들 모두의 삶이 송두리째 바뀐 것이다.

이제 설수린의 마음속에서 이화운의 과거에 관한 조각 하나가 더

맞춰졌다.

설수린은 안다. 강호인에게 있어 사문은 가족과 마찬가지이다. 아니, 개인에 따라선 가족보다 더 중요하다고 생각하는 사람들도 있었다.

피로 얽히고, 의리로 얽히면 모든 일은 쉽지 않은 법이다. 정말 쉽지 않은 법이지.

곽풍이 자리에서 일어났다. 취기에 비틀거리며 걸어가던 그가 문 앞에서 잠시 멈춰 다시 한 번 말했다.

"모두가 내 잘못이다."

그가 다시 나가려는데 이화운이 조용히 그를 불렀다.

"사형."

곽풍이 이화운을 향해 고개를 돌렸다. 이화운이 그가 남긴 술을 마시며 나직이 말했다.

"이번 일은 우리 모두의 잘못입니다."

*　　*　　*

마차에서 내린 후 삼호는 산길을 오르기 시작했다. 육호는 말없이 그녀의 뒤를 따랐다.

한참 동안 험로를 걸어 도착한 곳은 폐허가 된 작은 산골 마을이었다.

"여긴 어딥니까?"

"오 년 전, 십삼회의 난을 알고 있나요?"

"물론입니다."

십삼회라는 신비 단체가 강호 정복을 꿈꾸다가 맹주인 천무광에게 몰살당한 것을 모르는 강호인은 아무도 없었다.

"당시 수많은 사파인들이 십삼회주를 따랐지요. 이곳은 그 십삼회의 추종자들이 살던 여러 마을 중 하나였어요."

생각지도 못했던 대답이라서 육호가 눈을 크게 뜨고 주변을 둘러보았다. 이십여 가구가 옹기종기 모여 있었는데, 불탄 잔해만 남아 있었다.

"십삼회주와 그 제자들이 모두 죽고, 당시 무림맹에서는 십삼회와 관련된 모든 것을 없애려고 애썼죠. 이곳도 그때 소탕된 곳이에요."

"아, 그렇군요."

"그들은 무공을 모르는 사람들까지 다 죽였지요."

"……!"

"일부러 학살을 저질렀던 것은 아니었어요. 이곳에 십삼회주를 충심으로 따르던 고수들이 남아 있었고 그들은 거세게 항거했지요. 무림맹 무인들로서는 어쩔 수 없었겠지요. 그들도 희생이 컸을 테고, 흥분한 그들 눈에는 모두가 십삼회를 따르는 악적으로 보였을 테니까요."

"그래도 믿을 수가 없습니다. 무림맹주가 그것을 허용했다는 사실이."

삼호의 입가에 비웃음이 지어졌다. 다시 한 번 그녀의 입에서 육호를 깜짝 놀라게 할 말이 흘러나왔다.

"심지어 그는 이곳에 있었어요."

“정말입니까?”

“네, 그는 잔당 소탕 작전에 상당수 직접 참여했지요.”

“이해할 수가 없습니다.”

십삼회주와 그 제자들을 모두 격살한 그였다. 굳이 남은 잔당을 소탕하는 일에 나설 이유는 없었다는 생각이 든 것이다.

분명 이유를 알고 있는 듯 보였지만 삼호는 그에 대해 말해주지 않았다.

“한데 이곳에는 왜 오신 겁니까?”

그러자 삼호가 품에서 하나의 물건을 꺼냈다.

“이것을 오호가 보내왔어요.”

그것은 십삼회주의 신분패였다. 쓰레기 소각장을 거쳐 은밀히 그녀에게 전해진 바로 그것이었다.

“십삼회와 관련된 모든 정보는 봉인된 채 무림맹의 기밀 보관소에 보관되었죠. 이것도요.”

육호는 지금 삼호가 들고 있는 신분패가 아주 중요하다는 것을 느꼈다.

“아무리 우리라고 해도 그곳만큼은 침입하지 못했어요. 난공불락(難攻不落)이었지요. 결국, 방법은 하나밖에 없었어요.”

“아! 그곳에 들어갈 수 있을 사람을 심는 것이군요.”

“맞아요. 꽤 오랜 시간을 투자해서 우린 성공했지요.”

이 신분패가 이번 계획의 가장 큰 목적이었던 것이다. 게다가 전각이라는 엄청난 힘을 이용할 수 있는 여지까지 있었다.

육호의 마음속 그림의 한 부분이 밝혀졌다.

그와 함께 마음속에 떠오른 상반된 두 개의 감정.

전체 그림을 보고 싶다는 열망.

그것을 보면 죽게 될지도 모른다는 두려움.

그런 마음을 아는지 모르는지 삼호는 천천히 마을 한가운데로 걸음을 옮기며 말했다.

"무림맹에서는 모르고 있었죠. 신비회주가 생전에 준비를 하나 하고 있었다는 사실을."

마을 가운데 우물이 있었다. 그 아래를 내려다보며 삼호가 말했다.

"그것이 저 안에 있어요."

말이 끝나자마자 삼호가 훌쩍 그곳으로 뛰어내렸다.

풍덩!

육호가 뒤따라 뛰어내렸다. 물에서 고약한 냄새가 났지만 삼호는 전혀 개의치 않았다.

육호는 삼호를 따라 잠수해서 들어갔다. 생각보다 우물 속은 깊었는데 더러운 물이라 앞이 거의 보이지 않았다. 그리고 그 바닥에 장치가 있었다.

삼호가 능숙하게 바닥의 구멍에 신분패를 꽂아서 좌측으로 돌렸다. 그러자 키리리링, 하는 쇳소리가 나더니 이내 물이 빠지기 시작했다.

쏴아아아아!

우물 안의 물이 완전히 빠지자 바닥의 비밀 문이 열렸다. 두 사람이 쇠로 만들어진 사다리를 타고 밑으로 내려갔다.

문이 다시 닫히자, 천장에서 물소리가 들렸다. 우물에 다시 물이 차는 소리였다. 겉으로 봐선 그야말로 평범한 우물이었는데, 그야말로 굉장한 기관이 설치되어 있었던 것이다.

흠뻑 젖은 채로 두 사람이 좁은 복도를 걸어갔다.

"아까 그 문은 이 신분패 없이는 절대 열 수 없지요. 만약 억지로 열고자 하면 이곳은 완전 가루가 되어 사라지게끔 설계되어 있답니다."

그 말은 자신들의 발아래 엄청난 양의 폭천뢰가 숨겨져 있다는 뜻이었다.

구조는 단순했다. 그 복도 끝에 문이 있었고, 삼호가 오고자 했던 곳이 바로 그곳이었다.

삼호가 문을 열고 들어갔다.

"큭!"

퀴퀴한 냄새에 절로 비명이 터져 나왔다. 단지 먼지가 쌓여서만이 아니었다. 곳곳에 백골이 널려 있었던 것이다.

"안에서는 밖으로 절대 나갈 수 없어요. 일정 시간마다 밖에서 들어와서 식량과 물을 제공해야 했는데, 이들의 존재를 알던 사람들이 모두 죽어버린 것이지요. 유일하게 알았던 사람은, 이 신분패가 없었고요."

십삼회주의 신분패가 이곳에 들어올 수 있는 열쇠였으니, 아마도 이곳을 아는 사람은 십삼회주와 그 최측근이었을 것 같았다.

'대체 이 조직의 수뇌는 그 십삼회주와 어떤 관계가 있을까?'

너무나 궁금했지만, 결코 물어볼 수 없는 질문이었다.

"이들은 모두 굶어 죽은 것이군요."

삼호가 고개를 끄덕였다.

"대체 이곳은 어떤 곳입니까?"

곳곳의 탁자에는 용도를 알 수 없는 물건들이 가득 올려져 있었다. 사악한 대법에 사용되었을 것 같은 이상한 그림들과 제사용품들, 약품들, 서류들과 책자들…….

"이곳은 일종의 비밀 연구소에요. 십삼회주는 수하들을 시켜 이곳에서 그것을 만들었지요. 제작이 거의 끝나갈 무렵, 그는 멍청한 짓을 저지르고 말죠."

"그게 무엇입니까?"

"그는 그것이 완성될 때까지 기다리지 못했어요. 자신과 제자들의 힘만으로 강호를 지배할 수 있다고 자신한 것이죠. 물론 십삼회주는 그럴 자격이 있었죠. 그는 정말 강했으니까."

"하지만 결국 천무광에게 당하지 않았습니까?"

그러자 삼호가 뜻 모를 미소만큼이나 이상한 말을 꺼냈다.

"과연 그럴까요?"

"네?"

"십삼회주는 바보가 아니에요. 천무광을 이길 수 있다는 자신감이 없었다면, 절대 나서지 않았을 거예요."

육호는 여전히 삼호의 말을 이해할 수 없었다.

이어진 삼호의 말은 충격적이었다.

"십삼회주와 제자들을 죽인 것은 천무광이 아니었지요."

"네?"

육호는 경악했다. 오 년 전 십삼회주를 처단한 그 영웅적인 행적은 천무광 신화의 핵심이었다.

"그럼 누가 죽였단 말씀이십니까?"

삼호는 거기까진 알려주지 않고 뜻 모를 미소만 지을 뿐이었다. 육호는 순간 깨달았다. 왜 무림맹주가 십삼회의 잔당을 소탕하는 곳에 모습을 보였는지.

"그는 알고 싶었던 것이군요. 누가 그들을 죽인 것인지."

순간 육호는 자신이 너무 깊이 개입하고 있음을 자각했다. 많이 알수록 일찍 죽는다는 강호의 법칙을 잊고 있었다. 그녀를 만난 이후, 자꾸 잊는다.

대답을 듣기 전에 육호는 재빨리 화제를 돌렸다.

"어쨌든 이곳에서 연구하고 만들던 것이 있었다면 죽지 않을 수 있었다는 말씀입니까?"

삼호는 미소를 지으며 두 번째 질문에 대답을 해주었다.

"그랬을 것으로 생각해요."

"대체 그게 무엇입니까?"

삼호가 한옆으로 걸어갔다.

"우선 이걸 먹도록 해요."

육호는 그것이 무엇인지 묻지 않고 한입에 복용했다. 순식간에 단전의 내공이 사라지는 것이 느껴졌다.

"내공을 일시적으로 없애주는 약이에요."

삼호도 산공약(散功藥)을 복용했다. 그리고는 한쪽 벽으로 걸어가 벽에 난 구멍에 신분패를 넣고 돌렸다.

크르르르르릉.

괴물의 울음과 같은 굉음을 내며 한쪽 벽이 천천히 열리기 시작했

다.

이윽고 그것이 모습을 드러냈다.

그것을 바라보며 삼호가 자신 있게 말했다.

"이것으로 우린 천무광을 죽이고 무림맹을 장악할 거예요."

第五章
만혈검

天下第一

그것은 한 자루의 검이었다.

텅 빈 공간의 가운데에는 검을 올려둘 수 있는 흑색의 받침대가 있었고, 그 위에 검 한 자루가 검집 없이 놓여 있었다.

육호는 검을 보는 순간, 숨이 멎는 것만 같았다. 몇 개의 단어가 자신도 모르게 떠올랐다.

피. 공포. 죽음. 강함. 어둠.

모두가 저 검에 어울리는 단어들이었다.

"만약 우리에게 내공이 있었다면 우리 의지와 상관없이 반드시 저 검을 쥐었을 거예요."

삼호의 설명에 육호는 마른침을 삼켰다. 들어본 적이 있었다. 무시무시한 마검들은 강호인들의 정신을 홀려버린다는 것을.

"마검입니까?"

육호의 목소리가 떨렸다.

"그 이상이죠."

"대체 어떤 검이기에."

"만혈검(萬血劍)이라고 들어봤나요?"

"설마 저것이 전설의 그 만혈검이란 말씀이십니까?"

전설로 내려오는 검이 있었다. 수백 년의 세월을 거쳐 전해지면서 만 명의 목숨을 앗아간 저주받은 검이 바로 만혈검이었다.

"내공이 약한 자가 검을 쥐면 채 일각도 지나지 않아 미쳐 날뛰다 죽어버리고 만다는 마검 아닙니까?"

육호의 말처럼 만혈검은 정말 무서운 검이었다.

삼호가 고개를 끄덕이며 말했다.

"검의 마성이 엄청난 검이지요. 그리고 십삼회주의 제자 중 가장 머리가 좋은 괴사량은 이 검에다가 특별한 대법을 걸었어요."

"어떤 대법입니까?"

"내공이 조금이라도 있는 사람이 검을 들면 검에 깃든 마성이 골수(骨髓)에 미치게 되는 대법이지요."

육호는 깜짝 놀랐다.

"그런 대법이 있다는 말씀입니까?"

"악마의 대법이지요."

내공이 강한 사람이라면 검의 마성이 아무리 강해도 내력으로 대항할 수 있다. 하지만 그 마성이 외부가 아니라 몸속, 그것도 골수에 침입한다면 절대 버틸 수 없을 것이다.

이제야 육호는 삼호가 왜 내공을 없애는 약을 복용하게 했는지 알 수 있었다. 육호는 등줄기가 서늘해져 왔다. 직접 검을 보고 있으니 더욱 두려운 마음이 들었다.

"애초에 괴사량은 이런 무서운 검을 왜 만든 것입니까? 그 누구도 사용하지 못할 검 아닙니까?"

"그는 이 검을 누군가에게 들리려 했지요."

"아!"

순간 육호는 한 사람을 떠올렸다. 이런 검을 들려야 없앨 수 있는 절대강자.

"바로 무림맹주군요."

삼호가 고개를 끄덕였다.

"맞아요, 괴사량은 이 검으로 무림맹주를 없애려고 했지요. 하지만 십삼회주는 자신의 무공을 과신했어요. 검의 완성을 앞두고 직접 나서버린 것이지요."

"이제 어쩌실 작정이십니까?"

"전 십삼회주처럼 어리석고 성급한 사람이 아니니까…… 원래 계획대로 해야겠지요?"

"하지만 맹주가 쉽게 이 검을 손에 쥐겠습니까?"

"그렇겠지요. 그는 보는 것만으로도 이 검의 불길한 기운을 읽어낼 테니까요."

그녀가 미소를 지으며 덧붙였다.

"하지만 찾아보면 방법이 있겠지요."

분명 복안(腹案)을 생각해 둔 그런 의미심장한 미소였다.

*　　*　　*

이른 새벽, 이화운은 임하령의 집 마당에 서 있었다.

어제의 자리는 곽풍이 돌아가면서 일찍 끝이 났다. 이후 임하령과는 아무 말도 하지 않았다.

저 멀리 붉은 해가 떠오르고 있었다.

그때 뒤에서 인기척이 느껴졌다. 돌아보니 설수린이 걸어 나오고 있었다.

"잘 잤어요?"

이화운이 고개를 끄덕이며 물었다.

"당신은?"

"저야 목침에 머리만 대면 그냥 곯아떨어진답니다."

설수린이 이화운의 옆에 나란히 서서 크게 기지개를 켜며 심호흡을 했다.

"아! 상쾌하다!"

아침 공기를 마시니 정신까지 맑아지는 기분이었다.

"여기 참 좋네요. 한적하고 평화롭고."

"사제가 원래 이런 곳을 좋아했지."

"어제 만든 것을 보니 똑똑한 분이시던데."

"그런 쪽으로는 타고났지."

설수린이 두 팔을 쭉 펴서 몸을 풀면서 대수롭지 않은 척 물었다.

"당신, 괜찮아요?"

"괜찮아."

예전이라면 무슨 뜻이냐는 표정을 지었을 그다. 하지만 이제는 순순히 괜찮다고 대답했다.

사람이 친해진다는 것, 관계가 깊어진다는 것이 이런 것이겠지. 묻는 마음이 바뀌고, 비록 한 마디지만 그 말의 형식이 바뀌고, 뜻이 바뀌고.

친해진다는 것은 그렇게 조금씩 변해가는 것이다.

그러고 보니 사람 관계란 참으로 알 수 없다는 생각이 들었다. 그를 만난 지 고작 몇 달에 불과했는데, 몇 년은 본 것 같은 친밀감이 들었으니까.

그리고 그 결정적인 계기는 지쳐서 돌아온 이화운을 안아준 그날이었던 것 같았다.

아직도 그 느낌을 잊을 수 없다.

그의 체취를.

그의 숨결을.

설수린이 이화운을 돌아보았다. 언제나 그렇듯 말이 없는 그였지만, 오늘따라 더 외로워 보였다. 그의 의기소침한 모습은 보고 싶지 않다.

"자신 있어요?"

"뭐가?"

"당신 대사형요. 어제 임 공자 말 들어보니까, 당신이 상대가 안 된다고 생각하고 있던데."

이화운이 피식 웃었다.

"그래도 걱정하지 마세요. 제가 내기를 건다면 당신에게 걸어 줄 테니까요."

"사제가 한 말은 그 말을 듣기 전의 말이었잖아."

"그 무슨 뜬금없는 말이죠?"

"내가 사신공을 모두 익혔다는 말을 듣기 전의 평가라고."

자신은 사신공을 다 익힐 정도로 대단한 사람이라는 뜻이었다.

설수린이 어이없다는 표정을 지었다.

"지금 잘난 척하고 있는 거죠? 그럼 그렇지. 잘난척쟁이가 웬일로 그냥 계시나 했어요."

그래요, 당신. 그렇게 웃어요. 아무리 힘들고 괴로운 일이 있어도, 그렇게 웃어요. 그게 당신에게 어울려요. 주눅이 들지 말고. 차라리 잘난 척을 해요.

그때 임하령도 그곳으로 나왔다.

"밤새 안녕하셨습니까?"

설수린이 웃으며 대답했다.

"덕분에 아주 편하게 잘 잤어요."

"곧 조반을 챙겨 드리겠습니다."

"아뇨, 두 분 말씀 나누세요. 오늘은 제가 실력발휘 해보죠."

두 사람이 할 말이 많을 것이란 생각이 들어서 자리를 피해 주려는 것이다. 소매를 걷어붙이며 돌아서는 그녀에게 이화운이 말했다.

"사람이 먹을 수 있는 것으로 부탁해."

설수린이 혀를 쏙 내밀고는 집 안으로 들어갔다.

그녀가 안으로 들어가고, 임하령이 그 자리에 대신 섰다.

잠시 이화운과 나란히 서서 일출을 지켜보던 임하령이 입을 열었다.

"그날 사형이 그러셨죠. 다 잊으라고. 다 잊어버리라고. 기억나세요?"

"그래."

"그런데 왜 사형은 출도하셨어요?"

"……."

"대사형을 막기 위해서입니까?"

임하령이 끓어오르는 시선으로 이화운을 돌아보았다. 이화운의 입에서 조용히 흘러나오는 한 마디.

"아니. 누가 강호를 차지하던 난 관심 없다."

"그런데 왜요?"

"잊을 수 없어서다."

"……!"

"나도 잊지 못했다."

불어온 바람이 이화운의 얼굴과 옷자락을 흔들었다. 임하령이 가볍게 한숨을 내쉬었다.

"대사형은 사형을 죽이려 들 겁니다."

"벌써 시작되었다."

"그래도 계속 가실 겁니까?"

"그래. 대사형을 만나서 물어볼 말이 있다."

임하령은 그게 무엇인지 묻지 않았다. 모두가 비슷한 입장이었고, 동시에 모두가 다른 입장이었으니까. 백리철과 이화운과의 관계에는 자신이 알지 못하는 또 다른 무엇인가가 있을 테니까.

임하령이 담담한 어조로 말했다.

"언젠가 대사형이 한 번 찾아왔었습니다. 기관을 만들어 달라고 했습니다. 그 부탁은 거절했습니다."

큰 용기가 필요했을 것이다. 임하령은 대사형을 두려워했으니까. 하긴 그건 사형제들 모두가 마찬가지였다. 어떤 때는 사부보다도 대사형이 더 어렵고 힘들었으니까.

"마음이 바뀌면 진가촌(秦家村)의 진가장(秦家莊)으로 오라고 했습니다."

*　　　*　　　*

며칠 후. 이화운과 설수린이 진가장에 도착했다. 저 멀리 진가장 건물이 보였다.

"이곳에 대사형이 있을까요?"

설수린의 물음에 이화운이 고개를 끄덕였다.

"대사형이 그렇게 말했다면."

그가 있거나 혹은 그에게 연락을 취해줄 수하가 있을 것이다.

"어떻게 믿죠? 당신 대사형은……."

차마 악인이란 말을 하기가 그래서 그녀는 뒷말을 망설였다.

이화운이 자연스럽게 그 뒷말을 대신했다.

"악인이라 하더라도, 자기가 꺼낸 말은 지키는 악인이거든."

설수린이 입을 삐죽 내밀었다.

"아주 위선적인데요?"

사실 그녀는 대사형에 대해 감정이 좋지 않았다. 이유는 간단했다. 무림맹을 무너뜨리려 하는 데다가, 거기에 이화운도 죽이려 하고 있었다.

이화운이나 그들의 사형제들은 어떤 사연들이 있다지만, 그녀에게 그는 단지 강호를 집어삼키려는 악인일 뿐이다. 그나마 이화운의 얼굴을 봐서, 욕까지는 참아주는 것이지.

"전 여기서 기다릴까요?"

그녀의 물음에 잠시 이화운이 그녀를 응시했다.

"아니, 같이 가지."

그 말에 그녀의 마음이 다시 진동했다.

역시! 이 사람도 확실히 바뀌었구나.

예전 같았으면 바깥에서 기다리라고 했을 것이다. 아니, 애초에 이곳에 데려오지도 않았을 것이다.

어쩌면 그것이 더 자신의 안전을 생각해 주는 것이란 생각이 들 수도 있겠지. 사실 안전한 곳에 있게 하는 것은 쉬운 일이다. 마음도 더 놓일 테고.

정말 어려운 일은 위험한 곳임을 알면서 데려가는 것이다. 그만큼 더 큰 책임을 져 주겠다는 의지가 담겨 있으니까.

뒤따라 걸어가며 그녀가 웃으며 말했다.

"드디어 제가 귀찮아지셨군요."

"무슨 말이지?"

"위험한 곳으로 데려가려는 것을 보니까요. 이곳에 데려가서 슥

삭!"

"눈치챘어?"

이 사람 봐, 이젠 농담까지 하네.

"그럼요, 제가 눈치라면 당신도 이길 수 있을 거라고요. 머리 좋은 것과 눈치 빠른 것은 별개니까요."

"인정해."

"그렇다고 그렇게 쉽게 인정하진 마시고요."

이화운이 피식 웃었다.

그렇게 두 사람이 진가장 앞에 멈춰 섰다. 대문 앞이 말끔히 청소된 것을 보니, 분명 누군가 살고 있었다.

이화운이 문을 두드리자 잠시 후 노인 하나가 문을 열었다.

온화한 인상의 노인이 반갑게 두 사람을 맞이했다. 위험과는 거리가 먼 얼굴이었다.

"뉘신가?"

"이화운이 왔다고 전해 주시오."

"일단 들어오시게."

두 사람이 노인을 따라 안으로 들어섰다.

"잠시 기다리게. 안에 기별하고 나올 테니까."

마당 역시 깨끗이 청소되어 있었다.

"제대로 찾아온 것 맞아요?"

"맞다."

"왜 그렇게 확신을 하죠?"

"저길 봐."

이화운이 가리킨 곳은 담벼락 앞의 화단이었다.

"꽃이 한 송이도 심어져 있지 않잖아?"

"그럴 수도 있잖아요?"

"이렇게 깨끗이 청소된 정원에서? 그건 말도 안 되지. 더구나 한창 꽃을 가꿀 계절에."

"그렇긴 하지만요."

"결정적으로 저기에 기관이 숨겨져 있다."

"정말요?"

이화운이 고개를 끄덕였다.

"그게 느껴져요?"

"쇳덩이가 내뿜는 특유의 살기가 있지. 쉽게 느끼기는 어렵지만."

"그럼 여기가 확실하군요. 아까 그 늙은이 인상은 좋아 보이던데."

"겉모습으로 판단하면 안 돼."

"그 말이 없어지면 얼마나 좋을까요?"

"왜?"

"겉모습으로만 판단하면, 제가 죽여주잖아요?"

이화운이 피식 웃었다.

그때 안에서 두 사람이 걸어 나왔다.

나온 사람을 확인한 설수린이 깜짝 놀랐다.

한 사람은 조금 전의 노인이었고, 그 뒤를 따라 나온 사람도 그 노인이었다.

둘은 쌍둥이 노인이었던 것이다. 똑같이 생겼는데 한 가지는 달랐다. 처음 두 사람을 맞이한 사람이 싱글벙글 웃고 있었다면, 뒤따라 나온 사람은 잔뜩 인상을 찌푸리고 있었던 것이다.

그 순간 설수린이 탄성을 내뱉었다.

"아!"

웃는 표정과 찌푸린 표정의 쌍둥이 노인. 그녀도 알고 있는 자들이었다.

"반면쌍귀(反面雙鬼)!"

두 사람은 그야말로 초절정에 이른 고수들이었다. 그들은 잔혹한 손속으로 악명이 높았는데, 산 채로 사람을 찢어 죽인다고 알려졌다. 웃는 노인의 이름은 양소(洋笑), 찡그린 노인은 양빈(洋嚬)이었다.

"죽여야 할 것들인가?"

양빈의 물음에 양소가 여전히 웃는 얼굴로 대답했다.

"임하령인가 하는 자는 아닌 것 같군."

"어쨌든 뭐든 오면 죽여 버리라고 했으니."

그 말에 이화운의 두 눈이 이채를 발했다. 반면쌍귀의 대화가 계속 이어졌다.

"계집은 반반한데?"

"그렇군."

"내가 맡지. 넌 그동안 사내놈이나 찢어버리도록."

"크크크, 그러지."

색기 가득한 양소의 눈빛에 음탕한 욕망이 담겼다. 본래 양소는 색을 밝히는 자로서, 그에게 겁탈당하고 목숨을 잃은 여인이 수백에 달했다.

이화운이 설수린에게 물었다.

"어느 쪽을 상대할래?"

"재밌는 농담인데요?"

두 사람을 번갈아 쳐다보던 설수린이 마른침을 삼켰다. 확실히 상대는 강했고, 적어도 얼마간은 이화운에게 시간이 필요할 것 같았다. 그녀가 빠르게 물었다.

"몇 수까지만 버티면 되죠?"

"다섯 수."

"네, 버텨 보죠. 제가 저 추잡스럽게 웃고 있는 늙은이를 맡죠."

색기를 뿜어내는 양소를 선택한 것은 오히려 현명한 선택이었다. 설수린에게 색심을 품었다면 당장 죽이지는 않을 테니까.

다섯 수, 좋아. 버티자!

네 사람이 동시에 몸을 날렸다.

*　　*　　*

네 사람 중 가장 빨리 움직인 사람은 이화운이었다. 그의 움직임은 한마디로 전광석화였다.

"어림없다!"

쇄애애애애액!

양빈이 일장을 내질렀다. 그는 자신 있게 소리쳤지만 속으로는 깜짝 놀랐다. 이화운의 움직임이 생각보다 훨씬 빨랐던 것이다.

그에 반해 양소는 여유로웠다. 쌍둥이 형제가 질 리가 없다고 생각했고, 눈앞에 천하제일이라 할 만한 미녀가 있었다. 음탕한 생각에 입

안에 침이 가득 고였다.

물론 그는 당장 설수린을 죽일 생각은 전혀 없었다.

쉬이이익.

빠르게 달려들어 옷자락을 낚아채려고 했다. 하지만 설수린이 재빨리 빠져나갔다.

"계집이 제법이구나!"

양소의 두 번째 수가 날아들었다.

휘리리릭.

설수린의 신형이 빠르게 회전하며 이번에도 아슬아슬하게 그의 손아귀를 피했다.

"오호! 요년 봐라!"

설수린도 내심 놀라고 있었다. 첫 번째 수라면 모를까 두 번째 수는 분명 자신의 실력으로 피하기 어려운 속도였다.

한데 내가 피했어? 대체 어떻게?

쇄애애애앵!

세 번째는 정말 빨랐다.

설수린은 필사적으로 몸을 움직였다.

촤아아악.

그녀의 어깨 쪽 옷자락이 길게 찢어졌다.

하지만 이번에도 자신의 어깨를 붙잡으려는 그의 수법을 피해냈다.

그제야 그녀는 알 수 있었다. 자신의 무공이 한 단계 성장했음을.

한데 왜?

이화운과 관련된 임무를 하느라 오히려 예전보다 무공 수련을 게을

리했던 그녀였다. 실력이 줄어야 정상이었는데?

아!

그리고 다음 순간, 그녀는 알 수 있었다. 바로 이화운 때문이었다.

이화운이 싸우는 모습을 보는 것만으로도 무공이 한 단계 상승한 것이다. 그만큼 이화운의 경지가 워낙 높았던 것이다.

거기에 또 하나.

이화운과 관련한 장면 속에서 볼 수 있었던 사내의 움직임 또한 큰 도움이 되었다. 자신이 사내가 되어 움직였기에, 그 배움은 그냥 지켜보는 것보다 훨씬 더 컸던 것이다.

물론 그렇다고 양소를 격살할 수 있을 정도는 아니었다.

"그래, 마음껏 앙탈 부려라."

양소가 킬킬대며 웃었다. 그는 완전히 이 상황을 즐기고 있었다. 설수린이 그의 얼굴을 할퀸다 하더라도, 낄낄댈 그였다.

양소가 가까이 다가섰고, 그녀는 담벼락까지 몰렸다.

담벼락에 기댄 채 그녀가 물었다.

"그렇게 날 덮치고 싶어요?"

"그렇다면?"

"그럼 친구에게 먼저 물어봐야 할 것 같은데요?"

"저 늙은이야 물어보나 마나지. 여자는 항상 두 번째 차지거든. 그러니 괜히 분란을 조장할 생각 마라."

설수린이 묘한 미소를 지으며 말했다.

"아뇨, 제 친구요."

"뭐?"

힐끗 돌아본 그가 두 눈을 치켜떴다.

열 걸음 떨어진 뒤에 이화운이 피가 뚝뚝 떨어지는 검을 들고 서 있었던 것이다. 저 멀리 양빈의 시체가 바닥에 널브러져 있었다.

"대, 대체 어떻게 죽인 것이지?"

대답 대신 이화운이 발을 굴렀다. 순식간에 열 걸음의 공간을 가로지르며 양소의 코앞까지 다가섰다.

파아아앙!

양소가 필사적으로 내력이 가득 담긴 양손을 휘둘렀지만, 이화운의 검이 그보다 더 빨랐다.

푸욱!

이화운의 검이 그의 심장을 갈랐다.

푹! 푸우욱!

다시 목과 가슴을 한 번 더 찔렀다. 지금 이 순간 이화운의 눈빛은 더없이 냉정했다.

눈을 허옇게 뒤집은 채 양소가 바닥에 허물어졌다.

"당신, 약속을 어겼는데요? 다섯 수 버티라더니, 세 수만에 왔는데요?"

그녀의 목소리가 떨렸다. 아무리 이화운이 있었다고는 해도, 색기가 줄줄 흐르는 늙은 고수를 상대하는 일이었다.

이화운이 말없이 다가와서 그녀의 찢어진 어깨 옷자락을 덮어주었다.

두 사람의 눈빛이 마주쳤다.

지금 이 순간 이화운의 눈빛은 그녀가 지금까지 봐왔던 그 어떤 눈

빛보다도 따스했다.

그녀의 몸이 살짝 떨렸다.

그러자 이화운이 가만히 그녀의 손을 잡아주었다. 그는 그녀 공포심에 떤다고 생각했겠지만 실제로는 그렇지 않았다. 그녀는 이화운 때문에 떨고 있었다. 그가 손을 잡자 더욱 떨렸다.

“다음에는 더 빨리 오지.”

이화운의 말에 그녀가 희미한 미소를 지었다.

그러지 않아도 돼요. 지금도 충분히 빨랐으니까요.

그때까지 그녀의 손을 잡고 있던 이화운이 슬그머니 손을 놓았다. 괜스레 설수린마저 얼굴이 붉어졌다.

이화운이 화제를 돌렸다.

“그런데 이상하군.”

이화운이 양소와 양빈의 시체를 내려다보며 고개를 갸웃했다.

“뭐가요?”

“이건…… 대사형의 방식이 아닌데.”

반면쌍귀를 동원해서 사제를 죽이려 한 것을 뜻했다. 더불어 이곳에 오면 자신을 만날 수 있다고 말을 했다는 것도.

“수하가 독단적으로 처리했을 수도 있잖아요?”

“하령이를 죽이는 일을?”

절대 그럴 리 없다는 듯 이화운이 단호히 고개를 가로저었다.

만약 대사형이 임하령을 죽이려 했다면, 애초에 그런 말을 하지 않았을 것이다. 그때 찾아갔을 때 임하령을 죽였을 것이다.

집 안을 살펴보았다. 그러나 두 사람이 기거했던 흔적 이외에는 아무것도 발견할 수 없었다.

이화운의 마음속에 의구심은 사라지지 않았다.

하지만 아무리 고민한들 지금으로서는 알 수 없는 일이었다.

이화운이 성큼성큼 그곳을 걸어 나가며 말했다.

"일단 무림맹으로 돌아가자."

*　　*　　*

한 대의 마차가 밤길을 달리고 있었다.

마차를 모는 사람은 죽립을 눌러쓴 육호였다.

육호 혼자서 마차를 몰고 있었지만, 그 주위로 수십 명의 고수가 비밀리에 뒤따르고 있었다. 겉모습은 평범했지만 결코 평범한 마차가 아니었다. 특수하게 제작되어 폭천뢰에도 끄떡없었다. 그것은 맹주들이나 강호의 거부들이 타는 철갑마차(鐵甲馬車)였다.

철갑마차에 실린 것은 역시 특수하게 제작된 상자에 들어 있는 만혈검이었다.

육호는 지난 어떤 임무보다 긴장하고 있었다.

뒤에 실린 만혈검을 맹주가 쥐기만 하면, 이 강호의 운명은 바뀌게 될 것이다.

'대체 어떻게 맹주 손에 들어가게 할까?'

육호는 삼호의 계략을 짐작조차 할 수 없었다.

긴장한 탓이었을까? 육호는 자신을 기다리고 있을 한 사람을 떠올렸다.

'기다려라. 반드시 돌아가마.'

그는 다짐했다. 어떤 위험한 진탕을 구르게 되더라도, 반드시 살아남으리라고.

그렇게 은밀한 호위를 받으며 마차가 도착한 곳은 무림맹 인근의 한 민가였다.

잘 훈련된 말은 울음소리를 내지 않았다.

문을 열고 나온 사람은 바로 소각장에서 일하는 사내였다. 앞서 십삼회주의 신분패를 외부로 빼돌린 바로 그였다.

육호는 상자를 그에게 건넨 후 그대로 마차에 올라탔다.

이 상자는 이제 저 소각장 세작 사내의 손을 거쳐 삼호가 보내라고 한 곳으로 들어가게 될 것이다. 그들에게 그 정도는 어려운 일이 아니었다.

육호의 마차는 왔을 때와 마찬가지로 소리 없이 사라졌다.

*　　*　　*

"추 소저는?"

전호를 보자마자 설수린이 내뱉은 첫마디였다.

"요즘은 인사처럼 묻네요."

"만났어?"

"당연히 만났죠. 한창 사귀고 있는데."

"정식으로 교제하기로 했어?"

전호가 고개를 끄덕이자 설수린이 그의 등을 찰싹 때렸다.

"야! 축하한다!"

"축하는요. 맹수가 사냥하고 고기 뜯는 일인데."

"후후후."

"그렇게 웃지 마시라고요. 아직 모르니까요."

그녀가 창문을 활짝 열어젖혔다. 구름 한 점 없는 화창한 날씨였다.

"갔던 일은 잘되었나요?"

전호의 물음에 설수린은 뭐라고 대답을 해야 할지 쉽게 판단이 서지 않았다.

사제들을 모두 만났으니 잘된 것 같기도 하고, 대사형을 찾아간 이후 뭔가 뒷맛이 깔끔하지 못하니 잘 안된 것 같기도 했다.

하긴 이번 일은 내가 판단할 일은 아니지만.

"나도 잘 모르겠다."

"하긴. 단순한 일은 아니니까요."

그걸 모를 리 없는 전호였다.

"꽤 복잡하게 얽혔어."

"원래 복잡한 문제일수록 가만히 들여다보면 해답은 단순한 법인데."

"그거야 네 여자 문제겠지. 얽히고설킨 듯 보이지만 간단히 답을 내릴 수 있는."

"저 말도 안 되는 억지에 반박할 수 없다니!"

"그럼 완전히 억지는 아닌가 보지. 그냥 딴생각 말고 그녀와 혼인해."

"딴생각 안 해요."

"웃기시네. 네 마음을 내가 모를 줄 알고? 어디 더 예쁜 여자 없을까? 어디 더 돈 많은 여자 없을까? 어디 더……."

"전혀 아니고요."

물론 아니란 것 잘 안다. 전호는 그런 속물은 아니었으니까.

전호가 머리를 긁적이며 말했다.

"제가 좋다고 다 되나요? 그녀에게 달렸죠."

"진심이야?"

"그럼요. 저도 나이도 먹고. 빚도 산더미고."

"산더미까진 아니잖아."

"배도 나오고. 여자에게 퍽퍽 걷어차일 때가 된 거죠."

장난처럼 말하는 것이겠지만 진심도 느껴졌다.

녀석, 정말 이제 철이 들려나. 하긴, 이제 철들 때도 되었지.

어쨌든 전호와 한바탕 수다를 떨고 나니 기분이 좋아졌다. 녀석이 새로 사랑을 시작한다고 하니, 덩달아 마음이 설레기도 하고. 예전에는 아무리 여자를 사귄다고 해도 아무렇지도 않았는데. 봄 타는 것도 아니고. 이제 무더운 여름인데.

문득 이화운이 생각났다.

그날 손을 잡아준 일이 떠오른다. 생각만 해도 가슴이 두근거리고 얼굴이 붉어졌다. 그 순간의 생생한 느낌을 잊을 수가 없다.

맹으로 돌아온 후, 당연한 일이겠지만 이화운은 자신의 숙소로 돌아갔다. 붙어 다니다가 하룻밤 떨어졌다고 벌써 한참은 못 본 것 같았다.

"참, 섬서 이 공자는 부상에서 많이 회복한 모양입니다."
그 말에 설수린의 입꼬리가 말려 올라갔다.
"그자는 정말 조심해야 해. 내 말 무슨 뜻인지 알지?"
"걱정하지 마십시오. 저야 저보다 강한 악인을 만나면 못 본 척 제대로 하지 않습니까?"
물론 그런 녀석이 아니라서 잔소리하는 것이다. 하지만 워낙 눈치가 빠르기에 전호는 잘 처신할 것이라 믿었다.
"어라?"
그녀가 눈을 껌벅였다. 저 멀리 이화운이 걸어오는 것이 보였다.
"이 공자네요."
"뭔가 어마어마한 위화감이 느껴지는데."
"저 사람이 먼저 대주님을 찾은 적이 드물어서겠지요."
"그러게. 처음 아냐? 아닌가? 어쨌든 이럴 때가 아니지. 오면 문 열어주지 마! 시간 끌어!"
하여튼 이 사람, 사람 놀라게 하는 재주 하나만은 제대로지.
"왜요?"
"세수도 안 했어. 입도 아직 안 헹궜고."
"더럽게. 그래 놓고 내 옆에서 그렇게 입을 크게 벌리고 웃었어요?"
"부탁해!"
"뭐라고 해요?"
"그냥 적당히 핑계 대! 죽었다고 하든지!"
그녀가 세수하기 위해 후다닥 뒷문으로 달려 나갔다.

그 모습을 보며 전호가 웃었다. 점점 변해가는 그녀의 모습이 너무나 귀여운 것이다.

그러는 사이 이화운이 마당으로 들어섰다. 전호가 창틀에 기댄 채 그에게 말했다.

"어서 오십시오."

"설 대주는?"

전호가 뒤쪽을 힐끔 본 후, 목소리를 낮췄다.

"잠깐만 기다리시죠. 지금 꽃단장 중이시라."

"안 하던 짓을 하는군."

"그러게요."

두 사람이 마주 보며 피식 웃었다.

"날이 좋네요."

전호의 말에 이화운의 시선이 하늘을 향했다. 두 사람은 말없이 하늘을 올려다보았다.

"어쩐 일이세요?"

옷까지 갈아입은 그녀가 이제 막 일어났다는 듯 하품을 하며 창가로 왔다.

"이제 일어났나?"

"네. 시끄러워서 잠을 잘 수가 있어야죠."

이화운이 전호를 쳐다보았다. 그녀가 방금 일어났다면 전호가 왜 여기 있느냐는 표정이었다.

전호가 어깨를 으쓱하며 말했다.

"들켜버렸군요. 우리 사이를."

설수린이 한숨을 내쉬며 고개를 내저었다.

어휴. 내가 앓느니 죽지. 저도 아침에 세수한 모습을 한 번쯤 보이고 싶었다고요.

풀죽은 그녀를 보며 전호가 웃으며 말했다.

"대주님은 세수 안 해도 예뻐요."

"정말?"

"그럼요. 대주님에 비하면 양귀비는 평생 세숫물이나 떠다 바쳐야 하죠."

"히히히히."

금방 희희낙락거리는 그녀를 보며 이화운이 피식 웃었다.

"근데 아침부터 무슨 일이에요?"

"어제 곰곰이 생각해 봤지."

"당신처럼 똑똑한 사람이 곰곰이 생각했다면, 놈들 바짝 긴장해야겠는데요?"

"이번 일로 누가 가장 이득을 얻었지?"

"글쎄요. 누구죠?"

"머리를 써 봐."

"전에도 말했듯이 제 머리는……."

순간 한 가지 생각이 떠올라 설수린이 흠칫 놀랐다.

"설마요?"

이화운이 고개를 끄덕였다.

"아니에요. 그건 너무 비약이에요."

"그래, 이 정도는 반응은 나와야 그녀 작품이라 할 수 있겠지."

설수린이 진지하게 표정을 굳혔다.

"정말 그렇다고 생각해요?"

"아니라고 해도 확실히 해 두는 것이 좋지 않겠어?"

"상대가 누군지 알고 하는 소리죠?"

"당연하지."

설수린이 활짝 웃었다.

그래, 웃는 거다.

이 사람과 함께 있으면 무림맹에서 가장 강한 집단의 수장을 조사하는 일쯤은 아무것도 아니지.

第六章
신투재회

“전각 쪽은 아무 탈 없이 인수인계가 끝난 듯합니다.”

제갈명의 보고에 천무광이 고개를 끄덕였다.

“내부의 반발이 없었던 이유는 부각주 심권의 신임이 생각보다 두터웠기 때문입니다.”

“그를 부각주로 삼은 것은 탁월한 선택이었군.”

“네, 그렇습니다. 당분간 전각은 잊으셔도 될 것 같습니다.”

“이 공자의 상세는?”

“이 공자는 부상에서 거의 회복된 듯 보입니다만, 여전히 많은 무인이 그를 찾고 있습니다.”

“대단한 인기군. 그럼 중경 쪽은?”

“한동안 출맹을 했다가 어제 돌아온 모양입니다.”

"어딜 다녀왔나?"

"꼬리를 붙이지 않았습니다."

그러자 천무광이 눈빛으로 그 이유를 물었다.

"설 대주가 함께 갔습니다."

천무광이 희미한 미소를 지었다.

"그 아이를 많이 믿는군."

"네."

제갈명은 순순히 인정했다. 제갈명은 독신이었다. 가족이 없는 그에게 설수린은 친딸 같은 존재였다.

설수린은 그에게 운명이란 것을 생각하게 해주었다. 그녀와의 만남은 분명 운명이란 말 말고는 설명할 만한 적당한 단어가 없었으니까.

천무광이 웃으며 말했다.

"그때 그 아이가 그런 말을 했지. 펄떡거리는 이 생생한 직감을 안 믿으면 뭘 믿고 강호를 살아가겠느냐고? 자신도 믿지 못하는데 무슨 재미로 세상을 사느냐고?"

"네, 그랬었지요."

"참 인상적이더군."

이번에는 제갈명이 미소를 지었다. 사실 뭘 그리 천무광이 인상적으로 봤겠느냐마는, 그래도 그녀의 말을 정확히 기억하는 것을 보면 제법 인상이 남긴 한 모양이었다.

"애들이 귀찮게 하지는 않던가?"

애들이란 전에 호위로 붙여준 두 고수를 뜻했다.

"그이들의 존재, 잊고 있었습니다."

그만큼 기척 없이 자신을 잘 지켜준다는 뜻이었다.
"하하하하!"
천무광이 크게 웃었다.
그때 문밖에서 무인이 보고했다.
"전각주께서 뵙기를 청하십니다."
천무광이 고개를 한 번 끄덕여 허락하자 제갈명이 수하에게 말했다.
"모셔라."
잠시 후 전각주가 그곳으로 들어왔다.
"맹주님을 뵙습니다."
사도명이 맹주에게 공손히 인사했다. 그다음 사도명과 제갈명이 서로 인사했다. 전각과 비영단. 무림맹에서 가장 강력한 권력을 지닌 두 사람이었다.
"어떤가? 일은?"
"아직 이것저것 많이 바쁩니다만, 온 힘을 다하고 있습니다."
"자네라면 잘 해내리라 믿네."
"과분하신 말씀입니다."
"한데 어쩐 일인가?"
"한 가지 드릴 말씀이 있어서 찾아뵈었습니다."
"무엇인가?"
"이번 일로 전각 내 사기가 많이 떨어졌습니다. 그래서 본각의 무인들을 대상으로 해서 친선 비무 대회를 개최할까 합니다."
"비무 대회를?"

"네. 지금 상황에 어울리지 않는 일이라는 것은 잘 압니다만, 그렇기에 한 번쯤 개최해도 좋겠다는 생각이 들었습니다. 그래서 상품과 상금을 푸짐하게 걸어서 애들 마음을 달래줄까 합니다."

"그거 괜찮은 생각인 것 같군."

그러면서 천무광이 슬쩍 제갈명을 쳐다보았다. 그의 의사를 물은 것이다. 제갈명이 고개를 끄덕이며 말했다.

"저도 괜찮은 생각 같습니다."

원래 전각주였다면 이 정도의 일은 독자적으로 처리할 만한 사안이었다. 딱히 맹주나 제갈명 자신이 관여할 문제는 아니었지만, 아직 부임한 지 얼마 되지 않았기에 예를 갖추는 것이라는 생각이 들었다.

"그럼 제가 알아서 진행하겠습니다."

사도명이 인사를 하고 걸어 나가는데 천무광이 말했다.

"참, 우승 상품은 정했나?"

"제게 쓰지 않는 보검이 한 자루 있습니다. 그것이면 충분할 것 같습니다."

"그렇게 하도록 하게. 그 외 필요한 것은 제갈단주에게 말하게. 알아서 푸짐하게 지원해 줄 테니까."

"감사합니다."

돌아서 나가려던 사도명이 마침 생각났다는 듯 말했다.

"맹주님께서 직접 시상해 주시면 수상자들에게 큰 선물이 될 듯합니다."

"그거야 어렵지 않지."

"네. 그럼."

사도명이 그곳을 걸어 나갔다.

아무리 똑똑한 제갈명이라도 지금 사도명의 입가에 묘한 미소가 지어진 것을 알지 못했다. 설령 봤다 해도 그 의도를 알 수 없는 미소였다.

*　　*　　*

"사도명, 나이 사십구 세, 섬서 낙천(洛川)출신, 황룡대주, 비룡대주, 사천, 감숙단주를 거쳐 청룡단주. 그리고 아시다시피 이번에 전각주가 된 인물입니다. 전각주가 되면서 기본적인 정보 외의 것들은 모두 기밀로 봉인되었습니다. 이럴 줄 알았으면 진작 조사를 할 걸 그랬습니다."

전호의 보고에 설수린은 어깨를 한 번 으쓱하며 대답했다.

"그 사람이 전각주가 될지 누가 알았나?"

더 정확하게는 그 사람을 조사해야 할 순간이 올 줄 알았겠느냐지만.

이화운이 그를 조사하자는 순간, 이미 그는 강력한 용의자가 되었다. 이화운의 말이라면 어떤 말이라도 믿는 그녀였으니까.

설수린이 전호에게 물었다.

"청룡단주가 된 것이 언제지?"

"사 년 전입니다."

"배경이 든든했나? 어떻게 청룡단주가 되었지?"

청룡단은 맹 내의 요직으로 일반 단주와는 그 급이 달랐다.

"그 사건 기억 안 나십니까?"

"무슨 사건?"

"풍월장(風月莊) 사건요."

"당연히 기억하지."

풍월장 사건은 강호의 유명한 사건 중 하나로 사파 고수 소구(素狗)가 풍월장을 몰살시킨 사건이었다. 소구는 사파에서 아주 유명한 고수였다.

별일 아닌 일로 풍월장의 고수와 시비가 붙었는데, 소구는 그 분노를 참지 못하고 풍월장의 식솔들을 몰살시켰다. 그 사건에 강호인들은 모두 분노했다.

"아! 맞다. 그때 사천에서 그를 붙잡았지?"

"네. 기억하시는군요. 그때 사도명이 사천지단의 무인들과 합공해서 직접 소구를 처단했었고, 그 일로 강호에서 아주 유명해졌지요. 출세의 기반을 다진 것도 그때였다고 볼 수 있습니다."

"그랬군."

"그뿐만이 아닙니다."

"뭐가 또 있어?"

"감숙 하면 생각나는 것 없습니까?"

"설마 사마 소저를 구한 것도 그 사람이야?"

당시 사마세가의 외동딸이 납치되는 사건이 있었는데 그것은 강호를 떠들썩하게 만들기에 충분한 사건이었다.

"네, 그가 감숙지단으로 부임하고 석 달 후였습니다. 연이은 공으로 그는 급속도로 출세가도를 달리게 되었지요."

그때 이화운이 불쑥 말했다.
“과연 그것들이 다 우연일까?”
“당신 추측대로라면, 그 모든 성과가 조작되었다는 말인데요.”
설수린은 생각만 해도 두려웠다.
“그렇게 오래전부터 준비되어 온 음모란 뜻이잖아요?”
“가능성을 말하는 거지.”
정말이지 그녀는 말도 안 된다고 단호히 말하고 싶었다. 하지만 그런 말도 안 되는 일들이 일어나는 것이 이 강호였으니. 더구나 이화운의 추측이라면.
“한 가지 주목해 볼 만한 일이 있어.”
“뭐죠?”
“소구는 밀왕과 친했다.”
“밀왕이라면 일전에 죽은 사도칠왕의 그 밀왕요?”
“그래, 소구는 밀왕을 큰형님으로 모셨다.”
설수린과 전호가 마주 보며 고개를 끄덕였다. 분명 뭔가 냄새가 났다.
“다시 말하자면 이번 일의 배후자 중 사도칠왕을 잘 아는 누군가가 있다는 것이군요.”
설수린의 말에 이화운이 고개를 끄덕였다.
바로 그때였다. 신화대 수하 하나가 와서 전호에게 뭔가를 전하고 떠나갔다. 한참을 이야기하고 간 걸 보니, 뭔가 보고할 거리가 많은 모양이었다.
수하가 가고 나자 전호가 놀란 표정으로 소식을 전했다.

"전각에서 자체적으로 비무 대회를 개최한다는데요?"

"비무 대회를?"

"우승자에게는 보상으로 보검을 준답니다. 준우승자에게는 삼백 냥, 삼 등에겐 백 냥, 그리고 십 위까지 모두 한 달간 특별 휴가랍니다. 지금 이 소식으로 맹이 떠들썩하답니다."

"갑자기 뭔 비무 대회?"

"사기 고취를 위해서라는데요? 지금 전각은 물론이고 다른 조직 애들까지도 들떠서 난리입니다. 게다가 맹주님께서 참관하시고 시상식도 직접 하신다고 합니다. 완전히 끝내주는 거죠."

"대회는 언제지?"

"사흘 후랍니다."

"하루에 끝내고?"

"네. 어차피 전각 인원이 다 참가하지도 않을 테고, 아침부터 수십 개 조씩 나눠서 달리면, 금방이죠. 또 전각 애들이야 워낙들 실력이 좋으니, 실수로 서로 다치게 할 일도 없을 테고요."

설수린이 이화운을 쳐다보았다. 이화운은 생각에 잠겨 차를 마시고 있었다.

저 사람은 지금 이 순간 무슨 생각을 할까? 저 좋은 머리로 뭔가 해결책을 찾고 있겠지?

잠시 뭔가를 숙고하던 이화운이 찻잔을 내려놓으며 말했다.

"도움을 받을 사람이 있어."

* * *

무영신투는 늙은 행상 노파를 한참이나 쳐다보고 있었다. 그는 여전히 귀여운 소년의 모습이었다. 노파를 바라보는 그의 눈빛에 아련함이 스쳤다.

노파는 그의 어머니였다. 무영신투는 어려서 집을 뛰쳐나온 이후, 강호를 떠돌았다.

세월이 흘러 나이를 먹으니 어머니가 그리웠다. 고향으로 돌아왔을 때, 다행히 어머니는 생존해 계셨다.

무영신투란 이름을 얻었지만, 그래 봤자 도둑놈에 불과했다. 당연히 어머니 앞에 떳떳이 나설 수 없었다. 게다가 이번에 괴조직의 일에 얽히면서 더욱더 나설 수 없게 된 것이다.

'그냥 이렇게 뵐 수만 있어도.'

어머니에게 아직 집과 돈을 전하지 못한 상태였다. 한시라도 빨리 드리고 싶지만, 경거망동으로 어머니를 위험에 빠뜨릴까 두려웠다. 이곳에 와선 안 되었지만, 어머니가 너무나 뵙고 싶어서 위험을 감수한 것이다.

"휴."

그가 한숨을 내쉬며 돌아섰을 때, 조금 떨어진 뒤에 이화운과 설수린이 서 있었다.

깜짝 놀라는 그에게 설수린은 눈짓으로 자신들을 따라오라는 신호를 보냈다. 그의 대답을 듣지 않고 두 사람은 한옆의 객잔으로 들어섰다.

인상을 찌푸린 채 무영신투가 그들이 들어간 곳으로 뒤따라 들어갔다.

이 층 객실로 올라온 그가 버럭 소리쳤다.

"내가 동생이라고?"

설수린이 점소이에게 동생이 뒤따라오니 이 방으로 안내해 달라고 했던 것이다.

"그럼 남들 눈에 안 띄고 자연스럽게 만나려면 그 수밖에 없잖아요?"

설수린이 웃으며 덧붙였다.

"그리고 지금 그게 중요한가요?"

무영신투가 고개를 내저으며 한숨을 내쉬었다.

"내가 이곳에 있다는 것은 어떻게 알았지?"

"한 번 찾았는데, 두 번은 못 찾겠어요?"

"빌어먹을!"

하지만 무영신투는 거친 말과는 달리 두 사람에 대해 호의적인 마음이었다. 그날 동굴에서 이화운의 도움이 없었더라면 폭천우에 이미 죽었을 테니까.

"무슨 일이냐?"

"한 가지 부탁이 있어서요."

"구해준 것을 빌미로 나를 이용하려는 것이냐?"

그러자 설수린이 싸늘한 눈빛을 발하며 차갑게 말했다.

"원래 강호가 그런 곳이죠. 한번 약점이 잡히면 끝까지 빠져나올 수 없는 곳."

"내가 사람을 잘못 봤나 보군."

"후후후."

하지만 이내 그녀가 두 눈 가득하던 독기를 풀었다. 그녀가 눈가를 매만지며 말했다.

"아뇨, 잘 봤어요. 저 그런 사람 아니죠. 괜히 인상 써서 주름만 생겼겠네."

주름이란 말이 우스웠는지 무영신투가 풋 하고 웃고 말았다. 하지만 이내 언제 웃었느냐는 듯 인상을 굳혔다.

설수린이 이화운과 그를 번갈아 쳐다보며 말했다.

"남자들은 참 이상해요. 웃길 때 웃는 것이 부끄러운가요? 난 잘 웃는 남자들이 좋던데."

그건 그녀의 진심이었다. 강호를 살면서 그녀가 느끼는 아쉬움이기도 했다.

남자고 여자고, 다들 표정이 너무 굳어 있었다.

하긴 웃고 있으면 만만하게 보는 게 강호지. 인상 쓰고 있는 놈은 괜히 건들면 뒤탈이 있을 것 같고. 그래서 다들 인상을 쓰고 있다. 건들면 그냥 베어버릴 것 같은 표정들로.

"무슨 부탁이지?"

"간단한 부탁이에요."

"뭐냐니깐?"

"이 사람을 전각주 집에 잠입하게 해주세요."

만약 전각주가 이화운의 예상대로 그들과 한편이라면 그의 주위에는 반드시 특출난 능력의 감시자가 있을 것이다. 그를 보호하기 위해서든, 감시하기 위해서든. 어쨌든 만반의 준비를 해뒀을 것이다. 그래서 이화운은 그에게 부탁했다.

무영신투가 황당하다는 표정으로 물었다.

“그게 간단한 부탁이냐?”

그 역시 직감했다. 굳이 자신까지 찾아와서 도움을 찾는다는 것은 평범한 고위층의 집을 터는 일 정도가 아님을.

이번에는 이화운이 나서서 말했다.

“당신은 나서지 않아도 될 간단한 일이오.”

“어떻게? 그곳에 잠입한다면서?”

이화운이 예리한 눈빛을 발하며 말했다.

“내게 당신의 신법을 가르쳐 주시오. 내가 직접 들어갈 테니까.”

* * *

이화운과 무영신투가 산속 공터에 서 있다.

이곳까지 올라오면서 무영신투는 별의별 생각을 다 했다. 가르쳐주겠다고 해놓고도, 올라오는 내내 그 결정을 후회했고, 어떻게 하면 번복할 수 있을지를 고민했다.

그는 도둑이었다. 누군가의 것을 뺏는 사람이지 주는 사람이 아니었다.

하지만 그럼에도 결국 이렇게 가르치려고 마음먹은 것은 세 가지 이유 때문이었다. 첫 번째 이유는 바로 이것이었다.

‘그래, 내 목숨 값이라 생각하자.’

동굴에서 이화운이 구해주지 않았다면 그곳에서 죽었을 목숨이었다.

다음으로는 두 사람에 대한 호감이었다. 자기를 대하던 방식, 세상을 보는 방식은 분명 자신에게 어떤 자극을 주었다. 질투가 날 정도로 맑다고 해야 할까? 분명, 이 선남선녀의 청춘들은 뭔가 끌리는 점이 있다.

그리고 마지막 하나.

자신의 절기를 다 가르쳐 주지 않을 작정이었다.

"지금부터 가르쳐주는 신법은 무영보(無影步)란 보법이다."

무영신투의 무영신법은 두 가지로 이뤄져 있었는데 무영보와 쾌속보(快速步)였다. 상대의 시각은 물론이고 오감을 피해 은밀히 접근할 수 있는 보법이 무영보였다.

무영보가 은밀한 움직임이라면 쾌속보는 말 그대로 신속한 움직임이었다. 이화운의 신법이 뛰어나다고 하지만, 은밀함은 말할 것도 없고, 빠르기 역시 무영신투의 쾌속보를 따라갈 수 없었다.

한마디로 무영신투는 이 강호에서 가장 빨리 뛰고, 가장 은밀히 움직일 수 있는 인물이었다.

"자, 일단 내가 읊어주는 구결을 잘 듣도록 해라. 그리고 이후에는 내가 시키는 대로 연마를 하는 거다."

"잠깐!"

"뭐냐?"

"그렇게 하면 무영보를 전수하는 데 얼마나 걸릴 것 같소?"

"빠르면 여섯 달쯤 걸리겠지."

"내게는 그럴 여유가 없소."

"그건 내 알 바 아니고."

잠시 무영신투를 바라보던 이화운이 생각지도 못한 제안을 했다.

"그러지 말고 전체 구결을 한 번만 불러줄 수 있소?"

"왜?"

"그냥 구결만 한 번 불러주면 내가 알아서 하겠소. 그럼 당신도 시간 절약이 되고 좋지 않겠소?"

"뭣이라고?"

황당하다는 표정을 짓던 무영신투가 버럭 소리쳤다.

"이 미친놈이! 지금 무슨 헛소리냐!"

"흥분하지 마시오."

"내가 지금 흥분하지 않게 생겼느냐? 네가 내 무공을 우습게 봐도 유분수지. 내 무공이 구결 한 번 듣는 것으로 익힐 수 있을 정도로 호락호락한 줄 아느냐?"

"그러니까 그냥 한 번만 불러주시오."

"단 한 번만 말이더냐?"

"그렇소."

무영신투는 잠시 망설였다. 무영신법의 구결 전체는 자신의 밑천을 모두 내놓는 일이었다. 하지만 한편으로는 그런 생각도 들었다.

'녀석의 말대로 한 번만 불러줘 버리면 부탁을 들어주는 것이 되겠구나. 더구나 필사를 해주는 것도 아니고, 한 번쯤 들려주는 것은 아무 문제가 없겠지?'

워낙 구결이 복잡하고 그 양이 많았기에, 자신은 그것을 외우는 데만 몇 달이 걸렸다. 아무리 기억력이 좋다 하더라도 그걸 한 번만 듣고 외우는 것은 불가능한 일이었다. 설령 백 번, 천 번 양보해서 외운다 하더라도, 자신의 설명 없이 절대 그것을 익힐 수는 없었다.

"단 한 번만이다."

"좋소."

"오만한 놈!"

무영신투가 구결을 불러주기 시작했다. 혹시나 하는 마음에 빠르게 구술했다. 물론 그렇다고 틀리게 전하지는 않았다. 비록 도둑이긴 하지만, 그 정도로 나쁜 놈은 아니었으니까.

이화운은 눈을 감고 그것을 들었다.

'미친놈! 한 번에 이 많은 것을 다 외운다고?

그렇게 빠르게 구술해도 그것을 다 불러주는 데 일각이나 걸렸다.

이윽고 이화운이 감고 있던 눈을 떴다.

"고맙소."

"고마울 것까지야."

"갑시다."

"그냥 가자고?"

"이곳에 남은 볼일이 있소?"

"아니다. 가자."

두 사람이 나란히 산에서 내려왔다. 이화운이 이렇게 나오자 왠지 불안하고 초조해진 것은 오히려 무영신투였다.

"정말 그것만으로 충분하냐?"

이화운이 고개를 끄덕였다.

"지금이라도 늦지 않았다. 오만을 떨어서 미안하다고 진심으로 고개를 숙이면, 무영보를 제대로 가르쳐 줄 수도 있다."

"필요 없소."

무영신투는 더욱더 찝찝해졌다. 뭔가 송두리째 털린 기분, 자신에게 도둑맞은 물건의 주인들이 느꼈을 그런 기분을 지금 그는 느끼고 있었다.

"설마 한 번에 그걸 다 외운 것은 아니겠지?"

잠시 사이를 두고 충격적인 대답이 흘러나왔다.

"다 외웠소."

"뭐라고?"

무영신투는 경악했다.

"잠깐!"

무영신투가 이화운의 옷자락을 잡았다가 황급히 놓았다. 마음이 급한 탓에 실수한 것이다. 함부로 고수의 몸에 손을 댔다가는 죽을 수도 있었다.

다행히 이화운은 그에 대해 불쾌감을 표하지 않았다.

무영신투가 빠르게 구결에 대해 물었다.

"기문(箕門)과 충문(衝門)을 이어줄 때는……."

"……부드러운 솜이 물을 머금듯 내력을 다스려야 한다."

이화운이 정확히 다음 부분을 말하자 무영신투가 눈을 휘둥그레 떴다.

"이럴 수가!"

다시 이화운이 걸음을 옮기려는데 무영신투가 다시 소리쳤다.

“쾌속보에서 가장 중요한 것은?”

“마음이 앞서 가는 것을 경계하고 한 발 한 발 내딛는 발을 가볍게 해야 한다.”

“헉!”

조금 전 물은 질문은 무영신투가 무영신법의 사성에 이르렀을 때 깨달은 내용이었다.

“너? 대체 뭐지?”

귀신을 본 듯한 얼굴을 한 그는 목소리가 떨리고 있었다. 정말 겪고도 믿기 어려웠다.

이화운은 그에 대해 아무 설명도 하지 않았다.

무영신투는 그가 어떤 수작도 부리지 않았다는 것을 느꼈다. 아니, 수작을 부리려 해도 대체 어떻게 부린단 말인가? 무영신의 구결을 아는 사람은 세상에 오직 자신뿐이었는데.

‘정말 한 번에 깨달았구나.’

세상에는 정말 무공의 천재가 있다는 것을 확인하는 순간이었다.

“잠깐!”

다시 소리쳤다.

“왜 그러시오?”

“잠깐! 생각할 시간이 필요하니까! 잠깐만!”

무영신투가 발악하듯 소리치자 이화운은 제자리에 서서 그를 기다려 주었다.

무영신투는 어떤 운명을 느꼈다.

어머니를 다시 찾아오고, 이화운과 설수린을 만나고, 다시 그가 찾아와서 신법을 전수해 달라고 하고.

단번에 구결을 모두 외운 천재가 자신의 앞에 나타난 것이 과연 우연일까? 이 모든 일에 하늘의 뜻이 조금이라도 개입하지 않았을까?

잠시 깊은 생각에 잠겨 있던 무영신투가 침묵을 깨며 물었다.

"남은 시간이 사흘이라고 했나?"

"그렇소."

"이리와 봐. 아무리 네가 천재라 해도 설명해 줘야 하는 부분이 있으니까."

이화운이 잠시 망설이자, 무영신투가 신경질적으로 물었다.

"내 말이 헛소리 같나?"

"아니오. 당신에게 너무 큰 폐가 될까 그러는 것이오."

"폐는 젠장! 이미 내 목숨 같은, 아니 목숨보다 소중한 신법을 통째로 다 털어먹고서는! 따라와. 기왕 털린 것, 깨끗이 내어줄 테니까."

체념한 표정으로 무영신투가 한옆으로 걸어갔다. 이화운이 희미한 미소를 지으며 그 뒤를 따라갔다. 그의 말이 옳다. 아무리 이화운이라 할지라도 사흘 만에 그 정수를 모두 깨닫는 것은 절대 무리였다. 하지만 무영신투가 적극 돕는다면 결과는 달라질 것이다.

사흘 후 새벽, 이화운과 무영신투가 산에서 내려왔다.

산 아래 객잔에서 기다리고 있던 설수린을 봤을 때 무영신투는 절레절레 고개를 내저었다.

모든 것이 다 담긴 고갯짓이었다. 그것을 말로 바뀌자면 이 한마디일 것이다.

내가 졌다.

*　　*　　*

과연 사도명의 집 주변에는 매복이 있었다.

그리고 그 매복자는 무림맹의 무인이 아니었다. 그는 무공 실력보다 은신술에 특화된 인물이었는데 감시역으로 나온 자가 틀림없었다.

그것으로 이화운은 완전히 확신했다. 사도명이 분명 그들과 한패라는 것을. 만약 아니더라도, 정말 깊숙이 개입되어 있다는 것을.

이화운은 무영신투에게 배운 무영보를 발휘해서 그의 주위로 조심스럽게 접근했다.

마치 한 마리의 나비가 날아들 듯, 봄바람에 강아지풀이 살랑거리듯. 신법은 가볍고 신묘했다.

지척까지 가까이 다가갈 때까지 상대는 알아차리지 못했다. 더구나 상대는 은신술의 고수였다. 은신술에 능한 이는 타인의 은신술을 포착해 내는 것에도 능했다. 하지만 그는 이화운이 발휘하는 무영보를 알아차리지 못했다.

팟!

이화운이 그의 수혈을 제압했다.

스르륵.

자신이 당했는지도 알아차리지 못할 정도로 자연스러운 수법이었다.

사내를 한옆에 눕혀 놓고 이화운이 재빨리 움직였다.

집을 지키던 맹의 무인 둘 몰래 집으로 잠입하는 것은 그야말로 식은 죽 먹기였다.

이화운이 사도명의 집 안으로 들어섰다.

혹시나 기관이 숨겨져 있을 수 있었기에 한 걸음, 한 걸음이 조심스러웠다.

다행히 기관은 없었다. 하긴 괜히 기관이 터져 버리면, 오히려 시선을 끌어 의심을 받을 수 있으니 기관을 준비해 두진 않았을 것이다.

이화운이 방마다 빠짐없이 살폈다. 이화운 특유의 관찰력으로 유심히 살폈지만 별다른 것은 없었다. 평범한 고위 관료의 집.

그것들은 마지막 방에 쌓여 있었다. 내일 대회와 관련한 상품들이었다. 전각주가 수하들을 위해 직접 마련한 상품들인 듯 보였다.

이리저리 살펴도 별다를 것이 없었다.

이화운이 방을 나서려는 순간, 갑자기 전호의 말이 떠올랐다.

"우승 상품은 전각주가 가지고 있던 보검이랍니다. 그것을 맹주님이 직접 하사하시고요."

이화운이 천천히 몸을 돌렸다.

특히 맹주가 직접 하사한다는 부분이 귓가에 울려 퍼졌다. 직감적으로 음모의 냄새가 느껴졌다.

다시 한 번 방 안의 물건을 살폈다. 하지만 물건 중 보검은 눈에 띄지 않았다. 앞서 살폈던 방에서도 한두 자루 검이 있었지만, 보검이라 할 만한 검은 없었다.

물론 보검이니만큼 다른 장소에 보관하고 있을 수 있었다. 혹은 직접 그가 들고 있거나.

일단 이화운은 집을 나왔다.

조용히 다가가서 수혈을 제압당해 잠이 든 자를 일으켜 세웠다. 그리고 이화운이 가볍게 사내의 등을 스치듯 두드렸다.

그 순간 사내가 잠에서 깨어났다. 그는 자신이 방금 잠이 들었던 것조차 인지하지 못했다. 그리고 이화운은 이미 무영보로 소리 없이 그곳을 빠져나온 후였다.

설수린은 그곳에서 멀찌감치 떨어진 곳에서 기다리고 있었다.

"뭔가를 찾았어요?"

"아니."

실망하는 그녀를 보며 이화운이 의미심장하게 말했다.

"어쩌면 못 찾은 것이 찾은 것일 수도 있지."

*　　*　　*

다음 날 아침, 비무 대회가 시작되었다.

맹의 수많은 무인이 구경하기 위해 비무장을 찾았다. 맹의 무인 중 가장 실력이 뛰어난 이들이었다. 비록 친선 비무라지만 분명 보고 배울 것이 있을 것이란 생각에 다들 들떴다.

일반인들에게도 싸움 구경이 재미있듯이 강호인에게도 가장 흥미로운 것이 비무 구경이었다.

모두가 출전하지는 않았다. 대별로 두세 명씩 숫자를 조절한 것이다.

모두 함성을 지르며 비무를 즐겼다.

그들 사이에 이화운과 설수린도 있었다.

"당신 말이 맞군요. 저길 봐요."

설수린이 가리킨 곳에 상품이 쌓여 있었다. 하지만 그곳에서 검처럼 보이는 물건의 모습은 보이지 않았다.

"정말 검이 없군요."

이화운은 이번 음모에 검이 관계가 있을지 모른다는 추측을 했다. 사실 흘려버리려면 아무것도 아닌 일이었다. 우승자에게 내려질 보검이니, 어딘가에 안전하게 보관되어 있을 수도 있는 일이었으니까.

하지만 그녀는 이화운의 본능적인 감을 믿었다. 그가 마음에 걸린다면 분명 뭔가가 있을 것이다.

그때 전호가 달려왔다.

"아는 선배를 통해 전각 쪽에 알아봤는데, 따로 검을 맡은 사람은 없는 것 같습니다."

"대체 어디에 있을까요?"

전각에서 구경꾼의 제한을 두지 않았기에 그곳은 수백 명의 무인이 가득 차 있었고, 지금 이 시간에도 계속 무인들이 모여들고 있었다.

이런 상황에서 검을 찾는다거나, 혹은 검과 관련된 수상한 인물을 찾는 것은 불가능해 보였다.

"결국, 그 방법을 써 봐야겠군."

이화운은 그 길로 자신의 숙소로 돌아왔다.

그리고 바닥의 나무판을 들어내고 그곳에 숨겨 두었던 검을 꺼냈다.

천에 둘둘 말려 있었지만 검을 보는 순간, 설수린은 긴장했다. 모르고 검을 뽑아들기까지 한 그녀였지만, 이제 그 검이 무서운 검이란 것을 알고 나니 절로 두려운 마음이 드는 것이다.

"왜 이 검을 꺼낸 거죠?"

그러자 이화운이 검만큼이나 예리한 눈빛을 발하며 말했다.

"검이 검을 알아본다는 말을 들어본 적이 있나?"

第七章
혈검추적

天下第一

"고수가 고수를 알아본다, 뭐 그런 뜻인가요?"

검이 검을 알아본다는 말에 대한 설수린의 추측이었다.

이화운이 고개를 끄덕이며 설명했다.

"이름난 명검에는 혼이 담겨 있지. 그래서 다른 혼이 담긴 검을 만나면 반응을 하지."

"검이 운다거나 하는 일요?"

"그렇지. 검이 울지 않더라도, 검의 주인은 느낄 수 있지. 검이 울 정도라면 격렬한 반응이고."

"그렇군요."

"만약 사도명이 준비한 검이 어떤 음모가 있는 검이라면, 내 검이 그 검을 찾아낼 수도 있을 거야. 물론 운이 좋아야겠지만."

“맹주님을 위험에 빠뜨리려는 검이니 보통 검이 아니란 말씀이지요?”

정말이지 술자리에서 안줏거리로 나눴던 저 먼 나라 고수들의 이야기가 지금 그녀의 눈앞에서 펼쳐지고 있었다.

이화운이 둘둘 감은 천을 풀고는 검을 허리에 찼다.

“혹시라도 다른 검에 반응하면요?”

무림맹 안이니 당연히 그럴 수 있을 것이란 생각이 들었다. 수많은 고수가 있기에, 보검 또한 여러 자루 있을 수 있었으니까.

“그렇게 되지 않기를 바라야지.”

“한데 누군가 당신 검을 알아보면 어쩌지요?”

다른 사람이 그 기운을 읽어낼까 걱정이 된 것이다. 솔직히 그녀는 찾아내야 할 검도 궁금했지만, 더 궁금한 것은 이화운의 검이었다.

대체 저 검은 어떤 검일까?

그녀는 이화운에게 묻지 않았다. 지금까지 그래 왔듯 때가 되면 그가 말해줄 것이라 믿었기에.

“내 몸에 있는 한, 그럴 일은 없을 거야.”

“아! 그렇군요.”

검의 기도를 알아서 조절할 수 있다는 뜻이었다. 다시 말하자면 남들이 봐선 그냥 평범한 검으로 보이게끔 할 수도 있다는 말이었다.

이화운이 가만히 눈을 감고 검에 집중했다.

다시 눈을 떴을 때, 설수린이 물었다.

“느껴져요?”

이화운이 고개를 끄덕였다.

"정말 신통하군요."

하긴 이 강호에 신기한 일이 어디 이런 일뿐이겠는가?

검이 이끈 곳은 비무가 벌어지는 곳과 반대 방향인 내원 쪽이었다.

이화운은 검이 이끄는 대로 천천히 걸음을 옮겼다.

그렇게 얼마나 걸어갔을까?

저 앞으로 무인들이 서 있었다. 맹주전 쪽으로 향하는 곳이었기에, 더는 들어갈 수 없었던 것이다.

"설마 이미 그 검이 맹주님께 간 것일까요?"

천무광이 위험할지도 모른다는 생각에 그녀는 마음이 초조해졌다.

"가 봐요. 어차피 여기까지 온 것, 들어가서 부딪쳐 봐요."

그녀의 말에 이화운이 고개를 끄덕였다. 두 사람이 경계를 서는 무인들에게 걸어갔다.

"무슨 일이십니까?"

무인의 물음에 설수린이 대답했다.

"맹주님을 뵙고 싶어서 왔어요."

"미리 약속을 잡으셨습니까?"

"아뇨, 하지만 중요한 일이에요."

무인은 설수린이 신화대주임을, 그리고 이화운이 맹주의 초대로 맹에 와 있음을 알았다.

"이름과 소속을 대십시오."

"중경에서 온 이화운이오."

"신화대주 설수린이에요."

"잠시만 기다려 주십시오."

형식적인 확인 절차를 마친 후, 무인은 두 사람이 방문했음을 맹주전에 기별했다. 잠시 후, 출입 허가가 떨어졌다.

"들어가시지요."

두 사람이 안으로 들어갔다.

검의 울림이 가리키는 방향은 맹주전 쪽이었다. 몇 번의 삼엄한 검문을 거치고 나서야 맹주전이 있는 내원에 들어설 수 있었다.

"떨리네요. 여긴 언제나."

맹주전이란 위엄이 사람을 주눅이 들게 했다.

"권위의 힘이지."

"그래서 사람들이 권력을 잡고 싶어 하는 거겠죠?"

"그렇겠지?"

"전 권력 같은 것 싫은데."

"왜 싫지?"

"그냥요. 권력이 지닌 속성이 천박하다고 생각 들어서요. 누군가를 억압하고 겁을 줘야만 유지가 되니까. 겁을 먹지 않으면 그것은 권력이 아닌 것이 되니까."

그녀는 입맛을 다시며 덧붙였다.

"제 적성에는 전혀 안 맞아서요."

진심이었다. 그녀는 그냥 악당들 혼내주고, 도움이 필요한 사람 도와주고. 월봉 받고. 그러면서 전호와 장난치고 수다 떨고. 가끔 술이나 한잔하면서 살면 좋겠다는 마음으로 지금까지 살아왔다.

설수린이 슬쩍 이화운을 쳐다보았다.

거기에 뭐 이 재미없는 사람도 있으면 나쁘진 않겠지? 아! 내가 지금 무슨 생각을.

고개를 내저으며 그녀가 물었다.

"당신은 어때요? 권력 같은 것, 잡고 싶어요?"

아무 대답을 하지 않는 이화운에게 그녀가 장난을 걸었다.

"어라? 대답 안 하는 것 보니, 그런 것 같은데요? 역시 야망을 숨긴 그런 무서운 사람인가요?"

잠시 발걸음을 멈춘 이화운이 짐짓 무서운 표정으로 그녀를 바라보았다.

"그렇다면?"

"당신이 그러면 무서울 것 같아요."

저 좋은 머리를 나쁘게 쓰기 시작한다면, 권력을 잡기 위해 누군가를 해친다면, 정말 무서울 것만 같았다. 그리고 한편으로는 굉장히 씁쓸할 것 같기도 했다.

이화운이 굳은 표정을 풀며 희미한 미소를 지었다.

"나 역시 적성에 맞지 않는 것 같군."

설수린도 함께 웃었다.

그래요, 당신에겐 어울리지 않아요. 절대 그런 길은 걷지 마세요.

마지막 검문에서 지니고 있던 병장기들은 모두 풀어두었다. 정말 이화운의 말처럼 촉각을 곤두세운 그곳의 고수들도 그의 검이 특별나다는 것을 알아차리지 못했다. 이화운이 검에 어떤 기운을 불어넣었는지, 아니면 검이 주인의 마음을 읽은 것인지, 검을 몸에서 내려두어도 여전히 평범해 보였다.

그렇게 두 사람이 맹주전 내에 있는 맹주의 집무실로 들어섰다.

"맹주님을 뵙습니다."

설수린의 정중한 인사에 천무광이 반갑게 맞이했다.

"오, 설 대주. 오랜만이군. 이 공자도 어서 오시게."

"오랜만에 뵙습니다."

이화운도 정중히 인사했다.

과연 집무실에는 사도명도 함께 있었다.

"자, 인사들 하게."

이화운과 설수린이 그와도 인사를 나눴다. 그녀는 긴장한 속마음을 드러내지 않고 태연히 인사했다.

"오랜만에 뵙겠습니다."

설수린의 인사에 사도명이 웃으며 말했다.

"잘 지냈나?"

맹의 공식적인 행사에서 얼핏 한두 번 만난 적이 있었다. 물론 그때는 사도명이 청룡단주일 때였다.

정말 그때부터 악인이었단 말이지?

아무것도 모르고 봐왔었다니. 그걸 생각하니 그녀의 등줄기가 서늘해져 왔다.

그는 이화운과도 간단히 인사를 나눴다. 그렇게 인사가 끝나자 천무광이 물었다.

"그래, 무슨 일로 찾았나?"

"이전에 약속을 어겼음에도 선처를 해주신 것에 감사 인사를 드리러 찾아뵈었습니다. 마침 이 공자도 인사를 드리고 싶다고 해서 함께 왔고요."

걸어오면서 생각해 낸 방문 이유였다.

"하하하, 설 대주와 같은 인재를 함부로 내보낼 수 있겠나?"

"과연! 현명하신 판단이십니다."

"하하하."

그녀의 농담에 천무광이 기분 좋게 웃어주었다.

한옆 작은 탁자 위에 놓인 기다란 검 상자를 보며 설수린이 넌지시 물었다.

"혹시 저것이 이번 비무의 상품으로 걸린 그 보검입니까?"

"그렇다네."

대답을 한 사람은 사도명이었다.

"지금 우승자에게 어떤 보검이 내려질지 다들 궁금해하고 있지요. 저도 그렇고요. 어떤 보검인지 한 번 구경해 볼 수 있을까요?"

"그렇잖아도 맹주님께 먼저 보여 드리려고 가져왔다네."

사도명이 탁자로 걸어가 검 상자를 열었다. 안에 한 자루의 검이 들어 있었는데 삼호와 육호가 지하 연구소에서 봤던 그것과 같은 모양이었다.

저 검이다!

어떤 수작을 부릴지 몰라 설수린은 바짝 긴장했다.

우선 상자째 그것을 맹주에게 내밀 것으로 생각했는데, 사도명은 그 검을 직접 꺼냈다. 그리고 그것을 조심스럽게 천무광에게 건넸다.

사도명이 아무렇지도 않게 검을 만지는 모습을 보고, 설수린은 내심 의아한 마음이 들었다.

저 검이 아니었나?

그러면서 힐끗 이화운을 돌아보았다. 이화운은 말없이 검을 응시하기만 했다.

천무광 역시 아무렇지도 않게 검을 만졌다. 검을 이리저리 휘둘러 본 천무광이 고개를 끄덕였다.

"과연 보검이라 할 만하군."

끝으로 설수린이 나섰다.

"저도 한번 들어봐도 될까요?"

"그러게."

천무광이 검을 그녀에게 건넸다. 날카롭고 예리한, 확실히 대단한 보검이었다. 하지만 더는 특별한 것이 없었다.

"잘 봤습니다."

설수린이 검을 돌려주었다. 사도명이 검을 다시 검 상자에 넣었다.

이후 몇 마디 더 나누고 이화운과 설수린이 집무실을 나섰다.

자신들의 검을 되찾고 돌아오는 길에 설수린이 물었다.

"집무실 앞에서는 검이 반응하지 않았나요?"

"아니, 반응했어."

"네?"

"사도명의 검 말고. 벽에 걸려 있는 검에 반응했어."

"아."

그 검은 맹주의 검이었다. 사도명의 검이 아니라 맹주의 보검에 반응해서 이곳까지 오게 한 것이다.

"사도명이 검으로 수작을 부리려 한다는 것은 잘못 짚은 것이군요?"

"그런 셈이지."

순순히 인정했지만, 이화운은 뒤끝이 개운치 않았다.

그 순간에도 비무 대회는 계속되고 있었다.

* * *

그리고 결승이 벌어졌다.

마지막에 남은 두 사람은 일대와 십오대의 무인이었다. 한 명은 젊었고, 한 명은 나이가 많았다. 따라서 자연스럽게 젊은 사람들은 젊은 무인을 응원했고, 나이가 든 쪽은 나이 든 무인을 응원했다.

과연 마지막까지 남은 이들답게 무공 실력이 굉장했다. 물론 그 두 사람이 전각의 최고수들은 아니었다. 일단 대주들은 모두 빠졌던 것이다. 그리고 더 실력이 뛰어났지만, 남들에게 실력을 드러내고 싶지 않아서 참가하지 않은 이들도 있었다.

어쨌든 이십 대의 패기와 사십 대 관록의 싸움은 패기의 승리였다. 장강의 뒷물결을 막지 못한 것이다.

실전처럼 거칠게 싸웠던 두 사람도 비무가 끝나자마자 서로의 손을 맞잡았다. 다친 사람 하나 없이 무사히 비무를 마치자 지켜보던 이들이 환호했다. 이긴 쪽을 축하하고 진 쪽을 격려했다.

그때 다시 우레와 같은 함성이 터져 나왔다. 맹주가 비무대 위로 올라온 것이다.

맹주가 손을 들자, 순식간에 조용해졌다. 그가 조용히 입을 열었다.

"오늘 전각의 뜻깊은 비무 대회에 이렇게 참석하게 되어 기쁘다네."

모인 사람들이 모두 맹의 무인들이었기에, 맹주는 편하게 말했다.

"그대들이 있기에 의협(義俠)의 숭고한 뜻을 지켜나갈 수 있음을 잊지 말게. 그대들이 있기에 사마외도(邪魔外道)의 창궐을 막고 정의를 지켜나가고 있음도 잊지 마시게! 그대들이 무림맹 최고의 무인임을 절대 잊지 말게!"

"와아아아아!"

다시 함성이 터져 나왔다.

이화운과 설수린, 그리고 전호가 사람들 사이에서 그 모습을 지켜보고만 있었다.

"그냥 이번 비무 대회는 별일 아닌 것 같아요. 뭐, 그럴 수도 있죠. 모든 것을 다 맞추면 그게 어디 인간인가요?"

전호의 말에 설수린이 맞장구를 쳤다.

"맞아. 아마 천기자 그 노인은 무지하게 인간미 없을걸?"

그러면서 그녀가 슬쩍 이화운의 눈치를 살폈다. 그를 만난 이후, 그의 판단력이 처음으로 틀린 날이 오늘이었다.

이화운은 그저 말없이 비무대에서 벌어지는 일을 쳐다보고만 있었다.

전각주가 직접 검이 든 상자를 들고 왔다. 앞서 맹주전에서 보았던 그 검 상자였다.

전각주의 등장에 전각 무인들이 다시 함성을 내질렀다. 그 엄청난 함성에 묻혀 누구도 듣지 못한 소리가 있었다.

스르륵.

상자 안이 회전하면서 뒤집혔다. 뒷면에 똑같은 검이 있었다. 이중 구조로 된 상자를 채우고 있던 것은 하나가 아니라 검 두 자루였던 것이다. 물론 앞서 천무광에게 검을 보여줬을 때까지만 해도 상자에는 일반 보검 한 자루만 들어 있었다.

하지만 이곳까지 오는 사이, 이중 구조로 된 검 상자에 원래의 만혈검을 집어넣은 것이다.

전각주가 내민 검 상자에서 천무광이 무심코 검을 쥐었다.

천무광이 검을 잡는 순간.

찌릿!

그의 손이 움찔했다. 짜릿한 느낌이 들면서 무엇인가 몸 안으로 들어오는 기분이 들었다. 아니, 확실히 들어왔다. 한 번도 경험하지 못한 낯설고 이질적인 느낌이라서, 그것이 무엇인지 확신하지 못했을 뿐이다.

한순간에 일어난 일이었기에 막을 수도 없었고 미리 대비할 수도 없었다. 비무장의 열기와 함성에 집중력을 잃은 것도 있었지만, 앞서 한 번 보았던 검이라서 방심한 것이다.

천무광은 아무 일도 없었다는 듯 검을 비무 대회의 우승자에게 전했다. 우승자도 아무 일 없이 검을 받아들었다.

이것이 어떤 음모라면, 천 명이 넘는 무인들이 모인 이곳에서 자신이 변을 당한 것을 알릴 필요는 없었다. 더구나 지금은 몸에 아무 이상이 없었다. 뭔가 몸 안으로 들어온 느낌만 받았을 뿐이었다.

천무광이 비무대를 내려왔고, 전각주와 우승자의 연설과 소감이 이어졌다.

천무광은 호위 무인들과 함께 그곳을 떠나 맹주전으로 향했다.

그 모습을 이화운은 심각한 표정으로 지켜보고 있었다. 그제야 이화운의 표정을 살핀 설수린이 조심스럽게 물었다.

"왜요?"

그 시간에도 이화운의 검은 계속 울고 있었다.

징—

검이 울음을 멈춘 것은 천무광이 그곳을 완전히 떠난 후였다.

이화운이 굳은 표정으로 말했다.

"조금 전에 뭔가 일이 일어났어."

*　　*　　*

"비무 대회의 성공적인 개최를 축하합니다."

섬서의 이화운이 사도명에게 잔을 내밀며 축하했다.

비무 대회는 끝났으나 맹 내는 여전히 축제 분위기였다. 오늘만큼은 지난 슬픔을 다 잊고, 즐기고 마시는 분위기가 허용된 것이다.

전각에서는 무림맹 주위의 가장 큰 객잔 하나를 통째로 빌렸다.

많은 인사가 축하를 해주러 왔는데, 섬서 이화운도 그중 하나였다. 연회에서 밀왕의 공격으로부터 강호인을 구한 일로 모두의 영웅이 된 그였다.

환호성을 받으며 등장한 그는 전각주 사도명의 옆자리를 차지할 수 있었던 것이다.

“감사합니다. 함께해 준 덕분입니다.”

사도명이 잔을 부딪쳤다. 두 사람의 건배에 맞춰 모두 술을 마셨다.

“오늘은 마음껏 마셔라.”

사도명의 말에 모두 환호성을 질렀다. 정말 이런 날은 흔하게 오는 날이 아니었다. 모두 흥겨웠고 기분이 좋았다.

그들 중 가장 기분 좋은 두 사람은 단연 섬서의 이화운과 사도명이었다. 물론 그 즐거움의 이유는 다른 이들과 달랐기에, 전음으로 즐기고 있었다.

『확실히 만혈검의 검혼이 천무광의 몸속으로 들어갔습니다.』

사도명의 전음에 섬서 이화운이 기분 좋게 대답했다.

『나도 보았다.』

그렇지 않았다면 저기 기분 좋게 웃고 있는 비무 대회의 우승자는 지금쯤 동료에게 검을 휘두르며 미쳐 날뛰고 있었을 테니까.

『얼마나 버틸까요?』

사도명의 물음에 섬서 이화운이 잠시 고민하더니 대답했다.

『천무광이라면 하루나 이틀, 어쩌면 사흘 정도는 버틸 수 있을지도 모르지.』

『이제 무림맹도 끝이군요. 크크크.』

전음 속 오호의 웃음은 평소 사도명의 웃음과는 전혀 달랐다. 천박하고, 기괴한 느낌을 주었다. 그렇기에 그는 대단한 사람이었다. 자신과 전혀 다른 사람을 완벽히 연기해 내고 있었기에.

『제갈명은?』

『계획대로 놈이 직접 처리해야 할 일을 던졌습니다. 그 일로 며칠은 맹을 비워야 할 것입니다.』

『잘했군.』

『놈이 돌아왔을 때에는 이미 상황이 끝이 나 있을 겁니다.』

『후후후, 마지막까지 방심하지 말도록. 오호.』

『명심하겠습니다. 사호님.』

두 사람이 다시 잔을 부딪쳤다.

잔을 비우는 섬서 이화운의 머릿속에 설수린의 모습이 떠올랐다.

앞서 비무장에서 이화운과 설수린이 서 있는 모습을 먼발치에서 지켜보았다.

함께 있는 모습을 보고 있으니 왠지 속이 부글거렸다. 원래 사람과의 감정에, 특히 여인과의 애정에는 잘 흔들리지 않는 성격이었는데. 아주 오랜만에 여자 때문에 마음이 흔들린 것이다.

'이번 일만 끝나면…….'

어떻게든 설수린을 자신의 여인으로 만들 생각이었다.

물론 그전에 눈엣가시인 중경의 이화운은 자신의 손으로 직접 없애버릴 것이다.

'후후후. 이제 머지않았다.'

섬서 이화운의 입가에 진득한 비웃음이 지어졌다. 수많은 사람이 있는 자리였지만, 그 미소에 담긴 살벌함을 알아보는 이는 아무도 없었다.

*　　*　　*

천무광은 비밀 연무장에 있었다.

자신에게 심상찮은 일이 벌어졌다는 것을 알아차린 것은 처음 검을 쥐는 순간이었다.

처음에는 그것이 독이라고 생각했다. 검의 손잡이에 독이 발려 있다고 생각했다. 그래서 돌아오자마자 해독환부터 먹었다.

하지만 무림맹주를 위한 최상급의 해독환은 몸속에서 전혀 아무런 작용도 하지 않았다. 한마디로 독이 아니란 뜻이었다.

그럼에도 뼛속이 짜릿짜릿했다. 뭔지 모를 기운이 내력에 섞이기 시작했다. 그것은 바로 만혈검의 검혼이었다.

'확실히 뭔가 잘못되었군.'

태어나 처음 겪는 느낌이었다.

고통스럽지 않았다. 오히려 야릇하고 나른한 기분이 들었다.

'음약(淫藥)이나 미약(媚藥)같은 것인가?'

뭔가 느낌은 딱 그러했다. 하지만 대체 누가 자신에게 그딴 약을 투입한단 말인가?

그는 호위무사인 신충을 불러 도움을 청하지 않았다. 자신 혼자만의 힘으로 그것을 제어할 수 있으리라 생각한 것이다.

당연히 그럴 수 있었다. 그는 무림맹주 천무광이었으니까. 마음으로 육체를 다스릴 수 있는 경지에 이른 그였으니까. 어차피 자신이 고쳐낼 수 없다면, 그 누구도 고칠 수 없다는 오만도 있었다.

하지만 이번만은 절대 오산이었고, 그 오산은 결국 돌이킬 수 없는 결과로 치닫고 있었다.

내력이 한 바퀴를 돌고, 두 바퀴를 돌고. 돌면 돌수록 기분이 좋아졌다. 막아야 한다는 생각이 들기보다, 이 야릇한 느낌에 취해 그 기운의 흐름을 방관했다. 사람을 매혹하는 이 낯선 기운의 강렬함은 상상을 초월하는 것이었다.

탐색하듯 몸을 두세 바퀴 돌고 난 검혼이 이번에는 머리 쪽으로 올라오려고 했다.

'어림없지!'

천무광이 내력을 움직여 그것을 막았다. 아무리 묘한 기운에 취했다지만, 머리 쪽 혈도를 쉽게 내어줄 천무광이 아니었다. 머리 쪽 혈도는 다른 혈도와는 비교할 수 없을 정도로 중요했기 때문이었다.

다시 검혼이 몸과 팔다리의 혈도를 따라 돌기 시작했다. 천무광은 앞서보다 더 강한 쾌감을 느꼈다. 태어나 이런 기분은 처음이었다. 여인과 사랑을 나누는 것보다 몇십 배는 더한 쾌감을 주었다. 그야말로 하늘을 날아갈 것 같은 기분이었다.

'하지만 어림없다!'

천무광은 이미 희로애락(喜怒哀樂)을 극복해, 이제 그 뜻을 하늘에 둔 고수였다. 비록 무림맹주라는 강호 정치의 정점에 있기에 그 마음의 정순함이 탁해졌을 수는 있을지언정, 감정에 지배당할 만큼 약한 사람은 아니었던 것이다.

천무광이 그 이상한 기운을 왼손 끝으로 몰았다. 기운이 거세게 저항했지만, 이 싸움은 천무광의 몸에서 벌어지는 싸움이었다.

혈맥이 찢어질 것만 같은 아픔을 참고 천무광은 결국 그 기운을 손가락 끝으로 모으는 데 성공했다.

그리고 고수가 몸속의 주기(酒氣)를 몸 밖으로 배출하듯, 검혼을 손가락 밖으로 배출해냈다.

쏴아아아아.

새빨간 검혼이 손가락 끝에서 피처럼 흘러내렸다.

똑, 또오옥!

천무광은 마지막 한 방울까지 쥐어짜듯 배출했다. 이윽고 모든 검혼을 배출한 천무광이 바닥에 흥건히 고인 그것을 내려다보았다.

'대체 이것이 무엇이길래?'

온갖 경험을 다 한 그였지만, 이런 것은 들어본 적도 없었다.

그때였다. 밖에서 신충의 목소리가 들렸다.

"차를 들여도 되겠습니까?"

그가 이곳 연무장에서 수련을 마칠 때쯤이면, 언제나 시비가 차를 준비해 왔다. 특별한 일이 아니라면, 빠지지 않고 차를 마셨다.

"들라 하게."

잠시 한눈을 팔았던 시선을 다시 돌리려던 그 순간이었다.

좌아악!

무엇인가 그의 두 눈으로 날아든 것이다. 그것은 바로 바닥에 있던 붉은 검혼이었다. 잠시 고개를 돌린 사이 허공으로 떠오른 그것이 다시 그가 고개를 돌리는 순간, 쏜살처럼 날아든 것이다.

설마 그것이 살아 있는 것처럼 자신의 눈으로 날아들 줄 몰랐기에 천무광은 미처 그것을 피하지 못했다.

순식간에 그의 두 눈이 붉어졌다. 천무광은 자신의 두 눈으로 들어와 머릿속 혈도를 장악하기 시작한 검혼을 막을 수 없었다. 그야말로 순식간에 벌어진 일이었다.

문이 열리고 시비가 들어왔다. 그녀는 평소처럼 한옆에 차를 내려 두었다.

"더 필요한 것 없으신지요?"

천무광은 아무 말도 하지 않은 채 등을 돌리고 서 있었다.

만약 지금 천무광의 얼굴을 보았다면 그녀는 기겁하며 비명을 질렀을 것이다. 천무광의 두 눈은 정말 새빨갰다. 눈동자는 물론이고 흰자위가 모두 붉었다. 마치 지옥에서 튀어나온 악귀의 모습처럼 보였다.

"맹주님?"

평소와는 다른 느낌에 그녀가 조금 긴장했다.

그때 천무광이 나직이 말했다.

"이리 가까이 오너라."

"네."

시비가 긴장된 마음으로 그에게 다가섰다.

천무광의 주먹이 꽉 쥐어졌다. 돌아서서 단숨에 그녀의 목을 움켜쥐어 부러뜨리고 싶다는 열망에 그의 몸이 파르르 떨렸다.

시비가 거의 그의 몸 가까이 다가섰다.

바로 그때였다. 천무광이 버럭 소리쳤다.

"물러가라!"

시비가 깜짝 놀라 엉덩방아를 찧었다.

"그만 물러가래도!"

"네, 네!"

시비가 허겁지겁 밖으로 달려 나갔다. 아직 완전히 지배당하지 않

았기에, 천무광의 본성이 그녀를 살린 것이다.

놀란 시비의 모습에 밖을 지키고 섰던 신충이 다급하게 물었다.

"괜찮으십니까?"

"괜찮네. 조금 예민해져 있었네."

대답은 금방 나왔고 그 대답은 평소와 다르지 않았다.

"그리고 오늘 중요한 연공이 있으니 주위를 모두 물리게. 자네도 가서 쉬고. 방문도 일절 받지 않겠네."

"알겠습니다."

신충은 수하들을 거느리고 연공실에서 물러났다. 혼자만의 수련을 위해 자리를 비워 달라는 명령은 가끔 있는 일이었기에 대수롭지 않게 여겼다. 어차피 연공실 주위는 철통같은 방비가 되어 있어 걱정은 안 해도 되었다.

하지만 천무광은 절대 괜찮지 않았다.

그의 두 눈은 금방이라도 피를 내뿜을 것처럼 새빨갛게 변해 있었다. 지금 이 순간에도 그는 만혈검의 검혼과 싸우고 있었다.

조금 전 신충을 물린 대답은 검혼의 대답이었다. 천무광은 신충에게 도움을 청하고 싶었다. 하지만 지금 이 순간, 검혼이 그보다 힘이 더 강했다.

무려 만 명의 목숨을 앗아간 무시무시한 만혈검의 혼이, 단 한 순간의 방심으로 천무광의 몸에 자리를 잡은 것이다.

그리고 그 검혼이 이끄는 길의 끝에는 오직 살육과 광기, 그리고 죽음만이 있을 뿐이었다.

*　　*　　*

"당신 미쳤어요?"

설수린은 진심으로 소리쳤다. 이화운을 만난 이래, 가장 흥분한 순간이었다.

"맹주전에 잠입하겠다니요? 맹주전은 전각주 집과는 비교할 수도 없는 곳이라고요! 그런 짓을 했다간 죽을 수도 있다고요. 아니, 틀림없이 죽어요! 그곳은 장난이 아니라고요!"

정말이지 기관에서 암기가 쏟아져 나오듯, 그녀가 빠르게 내뱉었다.

그에 비해 돌아온 대답은 간단했다.

"알고 있다."

설수린은 뜨악한 표정을 지었다.

"알고 있는 사람이 이래요?"

"무영신법을 익혔으니까."

"그게 무슨 목숨을 지켜줄 호위갑인가요? 당신이 들어갈 곳은 맹주전이라고요, 맹주전!"

설수린은 안다. 맹주전에 들어가는 것이 얼마나 위험천만한 일인지. 눈에 보이는 검문이 전부가 아니었다. 보이지 않는 수많은 기관. 함정들. 매복한 고수들. 어쩌면 위험천만한 진법까지 작동하고 있을지 모를 일이었다.

"안 돼요, 아무리 당신이라도 맹주전은 안 돼요!"

"내가 그렇게 걱정되나?"

"뭐요?"

순간 그녀는 말문이 막혔다. 그리고 귓불이 달아오르는 것을 느끼며 돌아섰다.

"무슨 소리예요! 뇌옥이라면 지긋지긋해서 그렇죠. 당신 면회하러 가야 하잖아요."

말해 놓고도 말도 안 되는 이유란 것을 느꼈다. 그녀의 얼굴이 화끈 달아올랐다. 그냥 그가 걱정되는 것이다.

"어쨌든 안 돼요!"

이화운은 아무 대답이 없었다.

"제가 가서 다시 뵙기를 청해 볼게요."

"소용없을 거야."

"왜요?"

"그럴 것 같으니까."

그렇지 않다면 자신이 그곳에 잠입하려는 마음을 애초에 먹지도 않았을 테니까.

"그래도 시도는 해 봐야죠."

설수린이 집 밖으로 달려 나가며 소리쳤다.

"여기서 기다려요! 꼭요!"

이화운이 한옆 장식장으로 걸어갔다. 그곳에 자신이 가져온 약초들이 진열되어 있었다. 이화운이 그 중 몇 가지를 꺼냈다. 그리고는 탁자에 앉아 조용히 갈고 배합하기 시작했다.

그가 첫 번째 병을 채웠을 때, 설수린이 숨을 헐떡이며 돌아왔다.

"당신 말대로예요. 지금 맹주님을 뵐 수 없대요."

이화운은 예상했다는 듯 그저 자기 일에만 열중했다. 이 상황에 한가롭게 약초나 갈고 있을 사람이 아니니, 대체 뭘 만들고 있는 것인지 설수린은 더욱 걱정되었다.

"걸렸을 때 자결할 독약을 만드는 것이라면, 빠르게 흡수되는 것으로 만들어요. 그조차 못 마실 수 있으니까요."

그녀의 농담에 이화운이 피식 웃었다.

"기다려요. 한 군데 더 다녀올 테니까요. 꼭 기다려요!"

대답을 듣지 않고 설수린이 다시 달려 나갔다.

이화운은 또다시 약초를 갈고 배합하는 데 몰두했다.

다시 그녀가 돌아왔을 때, 이화운은 만들고자 했던 두 개의 약병을 모두 완성한 후였다.

더욱 세차게 숨을 헐떡이며 돌아온 그녀가 한숨을 내쉬었다. 이번에는 제갈명을 만나러 갔던 것이다. 하지만 제갈명은 모종의 일로 출맹한 후였다. 이제 공식적으로 사태를 해결할 방법이 모두 막혀버린 것이다.

"단주님이 돌아오실 때까지만이라도 기다려요."

"그럴 시간이 없다."

이화운은 맹주의 신상에 문제가 생겼음을 확신했다.

"백호단주에게 말해 보면 어떨까요?"

비밀 호위에 가까운 신충은 보기가 어렵겠지만, 공식적으로 맹주의 호위를 맡은 백호단의 백량은 만날 수 있을 것이다.

"우리 말을 쉽게 믿어주지도 않겠지만, 믿어준다 해도 이번 일은 그렇게 해결할 일이 아닐 거야."

"왜죠?"

"맹주가 당한 것이 확실하다면, 내가 직접 만나봐야 할 테니까."

공식적으로 처리된다면 그럴 기회는 오지 않을 것이다. 무림맹의 모든 고수가 모여들 테고, 의원들이 그를 치료하게 될 테니까.

이화운이 직접 나서려는 것은 그 상대가 삼호였기 때문이었다. 그녀가 호락호락한 수법을 썼을 리가 없었다. 자신의 짐작이 틀림없다면, 이번 일로 맹주는 죽게 될 것이다.

말리기를 반쯤 포기한 그녀가 물었다.

"대체 그 약들은 뭐죠?"

이화운이 대답 대신 그중 한 병을 마셨다.

그러자 잠시 후 놀라운 일이 벌어졌다. 이화운의 두 눈이 독이라도 먹은 듯 흐릿해진 것이다.

"어? 당신?"

설수린은 깜짝 놀랐다.

다음 순간 그녀는 깨달았다. 조금 전 이화운이 마신 약은 눈빛을 바꾸는 약이었다.

"정말 다른 사람 같아요."

사람에게 눈빛이 얼마나 중요한지를 새삼 느꼈다. 이화운이 다시 다른 약병을 마셨다. 이번에는 목소리가 바뀌었다.

"신기하지?"

전혀 다른 사람 목소리가 된 것이다.

거기에 의도적으로 억양까지 바꿔 말하자 처음 듣는 목소리가 되었다.

이화운은 한옆에서 검은색 무복을 갈아입고 복면을 썼다. 오직 눈만 노출되는 그런 복면이었다.

눈빛까지 바뀌었으니 이제 누구도 이화운을 알아볼 수 없었다.

"당신은 따로 할 일이 있어."

"뭐죠?"

"가서 제갈 단주를 찾아와."

설수린은 망설이지 않고 고개를 끄덕였다. 정말 위기 상황이라면 제갈명이 맹주 옆에 반드시 있어야 했으니까.

"알겠어요."

설수린이 밖으로 나가려는 이화운의 앞을 막아섰다.

"대신 약속해요."

"……."

"조심하겠다고. 무사히 돌아오겠다고."

이화운은 다른 사람의 눈빛과 목소리로 담담히 대답했다.

"약속하지."

第八章 내원잠입

天下第一

이화운은 밤이 되기를 기다렸다.

한시가 급했지만 아무리 자신이라도 대낮에 맹주전에 잠입하는 것은 불가능했다.

그렇다고 밤이 되도록 그냥 있지는 않았다. 이화운은 인근 숲에서 무영신법을 연마했다. 정수를 깨달았다고는 하나, 아직 몸에 완벽히 익지 않았다. 설수린의 말처럼 전각주의 집에 잠입하는 것과는 비교할 수 없는 일이었으니까.

무영신법을 한 수, 한 수 펼칠 때마다 그 느낌이 달라졌다. 그만큼 깊이가 있는 무공이란 뜻이었고, 무공을 받아들이는 이화운의 감각이 뛰어나다는 뜻이기도 했다.

이윽고 밤이 되었다. 다행히 오늘은 구름이 많아 달이 뜨지 않았다. 캄캄한 어둠 속으로 이화운의 신형이 날아올랐다.

무림맹의 외원을 돌파하기는 매우 쉬웠다. 문제는 내원에서부터였다.

첫 번째 관문을 지키고 선 무인은 모두 여섯. 모두 일류 고수들이었다.

잡담을 나누며 시간을 죽이는 외원 무인들과는 달리, 내원을 담당한 백호단 무인들은 신경을 곤두세우고 경계를 서고 있었다.

그들을 제압하고 돌파는 할 수 있어도, 소리 없이 잠입하기는 어려운 곳.

저 멀리 맹주전의 건물이 눈에 들어왔다. 상상조차 할 수 없는 엄청난 관문이 기다리고 있을 것이다. 이화운은 숨을 고르며 어둠 속에 몸을 숨기고 있었다.

그는 서두르지 않았다. 인간의 집중력이 지닌 한계를 잘 알고 있었으니까.

어둠 속에서 기회만 엿보고 있던 이화운이 소리 없이 움직였다.

경계를 서던 무인들의 신경이 아주 잠깐 분산되는 순간이 있었고 이화운은 그 찰나의 순간을 놓치지 않았다. 여섯 명의 고수들을 눈뜬 장님으로 만들어 버리는 순간이었다.

두 번째 관문과 세 번째 관문 역시 같은 방법으로 통과했다. 뒤쪽 관문일수록 시간이 오래 걸렸지만, 무영신법의 효능은 그야말로 무궁무진했다. 보통 사람이 나비가 날아 꽃에 앉는 소리를 듣지 못하듯, 이화운은 경계를 선 무인들의 오감을 농락했다.

문제는 네 번째 관문이었다.

꽉 막힌 벽에 작은 문이 있었고 그 앞을 두 사내가 지키고 서 있었다. 저 문으로 들어가야 했으니 그들 모르게 들어가는 것은 불가능했다.

이화운은 끈기 있게 기다렸다.

한 시진이 지나자, 교대 무인들이 왔다.

그들이 자리를 잡고, 앞서 경계를 서던 무인들이 막 그곳을 떠났을 때였다.

쉭쉭.

두 줄기의 지풍에 사내들이 흠칫하더니 이내 스르르 잠이 들었다. 어느새 그들 옆으로 온 이화운이 두 사람의 혈도를 짚었다. 두 사람의 몸이 뻣뻣하게 굳었다.

이화운이 그들을 벽에 기대서 세웠다. 멀리서 보면 아무 일 없이 근무를 서고 있는 것처럼 보였다.

그리고 조심스럽게 문을 열었다. 문 안에는 기다란 복도가 있었다.

이화운은 복도 양쪽 벽에서 기관이 내뿜는 특유의 차가운 살기를 느꼈다.

양쪽 벽에 나 있는 촘촘한 구멍들. 암기가 발출되는 구멍이었다. 출입 허가가 나지 않은 채 이곳을 지나다가는 그야말로 벌집이 되고 말 것이다.

대부분 이런 기관의 작동 원리는 바닥에 있었다. 하지만 발을 딛지 않고 건너가기에는 복도 끝까지의 거리가 멀었다.

이화운조차도 과연 해낼 수 있을까란 생각이 절로 드는 거리. 그는 심호흡하며 마음을 다스렸다. 단숨에 건너려고 마음먹은 것이다.

이화운이 튕기듯 몸을 날렸다.

쉬이이이익.

이화운은 불가능의 거리를 날아서 아슬아슬하게 안전지대에 착지했다. 쾌속보의 속도가 더해지지 않았다면, 결코 지날 수 없을 거리였다.

그렇게 네 번째 관문을 지난 이화운이 다시 걸음을 옮겼다.

*　　　*　　　*

"단주님의 행선지를 알 방법이 없습니다."

여러 경로를 통해 방법을 찾아봤지만, 허탕만 치고 온 전호의 보고였다.

당연한 결과였다. 비밀 유지를 최우선으로 하는 비영단의, 그것도 비영단주의 움직임을 일개 무인이 쉽게 알아낼 수 있을 리가 없었다.

그래서 그녀는 전호를 기다리는 동안 다른 방법이 없을까 머리를 싸매며 고민하고 있었다.

"그 정보 상인에게 부탁하면 안 될까요?"

그녀도 서공찬을 생각 안 한 것이 아니었다.

"그가 이런 정보를 알 리도 없겠지만, 설령 안다고 해도 팔지 않을 거야. 놈도 알거든. 비영단주의 행적을 파는 일이 얼마나 위험한 일인지."

"그렇군요."

"휴. 네 머리나, 내 머리나."

"오십 보, 백 보죠."

"나처럼 예쁜 여자는 똑똑해야 하는데 말이지. 이래서야 얼굴만 예쁜 머리 빈 년이란 소릴 듣기 딱 좋잖아?"

"사실 대주님이야 똑똑하신 편이죠. 이 공자가 워낙 총기로 똘똘 뭉쳐 있어서 요즘 주눅이 드신 것뿐이죠."

"그렇지?"

"그럼요. 무림맹이 무슨 바보입니까? 머리 빈 사람을 대주로 삼게요."

히죽 웃던 그녀가 이내 한숨을 내쉬었다.

"바보야. 무림맹은."

요즘 들어 드는 생각이다. 악당들이 음모를 꾸며 흔들어 대니 당해내지 못하는 느낌이다. 그래서 그런 말이 있나 보다. 열 장정이 도적 하나 못 막는다고.

"그나저나 빨리 단주님께 알려야 하는데."

"비영단 부단주에게 사실대로 말하죠. 당장 돌아와야 한다고."

그 역시 생각 안 해본 것이 아니었다. 설수린은 비영단의 체계에 대해 잘 알고 있었다. 중요한 일이 있으니 단주님께 빨리 돌아오라고 전하면, 틀림없이 부단주 광진은 그 내용에 대해 물어볼 것이다. 그에게 내막을 자세히 말할 수 없으니, 단주께 직접 말을 전하겠다고 해야 할 것이고.

과연 광진이 이런 자신을 믿고 제갈명에게 연락해 줄까? 물론 해주기는 하겠지. 전서가 내일 날지, 모레 날지 모르는 것이 문제지만.

"지금 당장 단주님을 되돌아오게 할 방법이 필요해. 초지급으로."

"없다고요. 그런 방법은."
"아, 술 생각난다."
"저도요. 가서 술이나 마시자고요."
머리를 싸매던 그녀가 눈을 반짝였다.
"있다, 방법이."
"뭡니까?"
"신화대주가 암습 받으면 단주님께 곧장 보고가 들어가겠지?"
"물론입니다만, 설마?"
"그 방법밖에 없잖아?"
"있겠죠. 우리가 생각을 못 해서 그렇지."
"그럼 없는 거야."
"그런 엄청난 거짓말을 했다간, 정말 대주 자리에서 쫓겨나실 수도 있습니다."
"뭐, 쫓겨나라지."
"대주님!"
"무림맹이 망하면 대주도 없어."
"비영단에서 확인하러 나올 겁니다. 그런 거짓말이 통할 리 없다고요."
"그렇겠지."
설수린이 자신의 검을 내려다보았다.
"맙소사! 자해하시겠다고요? 그 예쁜 몸에다가요?"
"그럼 어떻게 해? 팔에 살짝 긋지 뭐."
말과는 달리 제법 깊은 상처를 내야 할 것이다. 그래야 제대로 먹힐 테니까.

"정녕 이 방법밖에 없습니까?"

"머리가 나쁘면 몸이 고생해야지."

말은 그렇게 했지만 사실 그녀는 마음속으로 꽤 괜찮은 생각이라고 생각했다. 먹히기만 한다면 말이다.

이 결정에는 두 사람을 믿는 마음이 있었다.

우선 이화운이었다. 그의 판단을 믿었기에 가능한 일이었다. 맹주가 위험하기에 지금 당장 제갈명을 돌아오게 해야 한다는 그의 판단을.

두 번째는 제갈명을 믿는 마음이었다. 자신이 다쳤다면, 어떤 중요한 일을 하고 있었더라도 당장 돌아올 것이라는 믿음.

그랬기에 이 정도는 충분히 감수할 수 있다. 그리고 이것이 모든 변수를 없앨 수 있는 가장 효과적인 방법이라고 확신했다.

설수린이 검을 빼어 들며 말했다.

"당장 가서 전해. 내가 괴한에게 기습을 당해 칼에 찔렸다고."

*　　*　　*

제갈명이 도착한 곳은 맹에서 한나절 거리에 있는 작은 객잔이었다. 개업 이래 단 한 차례도 문을 닫지 않았던 객잔은 오늘 처음으로 문을 닫았다.

객잔으로 위장되어 있지만, 이곳은 비영단의 지부였다. 주인장은 물론이고 점소이까지. 모두가 비영단원들이었다. 한마디로 주방에서 음식과 함께 정보도 같이 만들어지는 곳이었다.

지단보다 작은 지부였지만, 이곳은 전략적으로 아주 중요한 곳이었다.

주방에 두 구의 시체가 있었다.

그들은 객잔 주인과 주방의 숙수였다. 다시 말하자면 이곳의 지부장과 부지부장이 함께 죽은 것이다. 그것이 바로 제갈명이 이곳까지 직접 온 이유였다.

"대체 어떻게 된 일인가?"

제갈명의 물음에 점소이 역할을 해 왔던 비영단원이 두려운 표정으로 대답했다.

"두 사람이 싸운 것 같습니다."

정황은 확실히 그렇게 보였다. 쓰러진 모습이나 상처가 서로에게 칼부림하다 양패구상한 모습이었으니까.

물론 일을 하다 보면 그럴 수도 있다. 하지만 요즘 같은 시기에 이런 일이 일어났다는 것은 확실히 공교로운 일이었다.

"잠시 나가주게."

제갈명이 주방에 있던 무인들을 모두 내보냈다.

혼자 남은 제갈명이 나직이 말했다.

"혹시 두 분께선 제 말을 듣고 계시오?"

그러자 허공에서 대답이 들려왔다.

"네. 여기 있습니다."

"잠시 나와 주시겠소?"

그러자 두 사내가 모습을 드러냈다. 그들은 천무광이 호위를 위해

붙여준 청과 명이었다.

"시신을 한 번 살펴봐 주시겠소?"

초절정에 이른 그들이라면 정확한 사인을 밝혀낼 수 있을 것이란 생각이 든 것이다.

"그러지요."

두 사람이 시체를 자세히 살폈다.

이윽고 두 사람이 서로 마주 보며 고개를 끄덕이며 하나의 결론을 내렸다.

"사인이 조작된 것이 틀림없습니다."

청의 말을 명이 받았다.

"아주 정교하게 조작되어 어지간한 검시로는 알아낼 수 없을 정도입니다."

사인을 밝힌 후, 두 사람이 모습을 감췄다.

제갈명의 눈빛이 예리해졌다. 과연 자신의 예감이 맞았다.

'한데 왜 이런 조작을 한 것이지?'

그의 머리가 빠르게 돌아갔다. 뭔가 불길한 예감에 신경이 곤두섰다.

'이곳에 어떤 중요한 정보가 있었던 것일까? 아니면 이곳 지부장이 중요한 정보를 입수한 것일까? 그게 아니라면?'

여러 생각이 떠올랐지만 확실한 것은 하나도 없었다.

그때 무인 하나가 밖에서 말했다.

"맹에서 긴급 전서가 날아왔습니다."

"들어와서 고하게."

무인이 안으로 들어와 빠르게 보고했다.

"신화대주가 암습을 당했다고 합니다."

순간 제갈명이 깜짝 놀랐다.

"뭣이? 그래서? 얼마나 다쳤나?"

"알 수 없습니다. 그녀의 부상에 대해서는 상세히 언급하지 않았습니다."

제갈명은 잠시의 고민도 하지 않았다. 빠르게 그곳을 걸어 나가며 수하에게 말했다.

"난 일단 맹으로 돌아간다. 다시 감찰관을 내려보낼 테니 그때까지 이곳은 폐쇄하도록."

*　　　*　　　*

사아악!

이화운의 검이 복도 벽에 박혔다.

더는 은밀히 들어갈 수 없는 곳에 도달한 것이다. 양옆 창에서 들어오는 빛으로 기관이 작동하는 곳으로, 무엇이든 그곳을 지나치면 반드시 기관이 작동하는 통로였다. 어지간한 곳에서는 결코 볼 수 없는 최상급의 기관 장치인 것이다.

기관을 발동시키지 않고는 통과할 수 없다고 판단한 이화운은 우회해서 들어갈 방법을 찾기 위해 옆쪽 벽을 잘라내고 있었다.

차캉.

검이 조금 박히자 끝에서 쇳소리가 났다. 겉만 돌로 되어 있을 뿐,

안은 강철로 만들어진 벽이었다.

이화운이 검에 힘을 주었다.

치이잉.

쇳소리와 함께 강철벽이 잘려나갔다. 검 하나가 손잡이까지 다 들어갔음에도 뚫리는 느낌이 들지 않았다. 그만큼 벽이 두껍다는 뜻이었다.

사람 하나가 통과할 만한 크기로 벽을 잘라냈다. 그리고 힘을 주어 밀었지만, 벽은 꼼짝도 하지 않았다.

다시 이화운이 검을 찔러 넣었다.

후우우우우웅!

이화운이 검강을 불러일으켰다. 검 끝에서 검강이 나와서 검이 미치지 못한 벽을 잘라냈다. 놀랍게도 벽의 두께는 어른 키보다도 두꺼웠다.

이화운은 검강을 더욱 강하게 일으켰다.

피잉.

그제야 검 끝에서 벽이 뚫리는 느낌이 잡혔다.

그런 식으로 벽을 잘라낸 후, 이화운이 네모나게 잘린 그것을 뒤로 밀었다. 벽이 뒤로 밀려났다. 다행히 벽 뒤쪽에 충분한 공간이 있었다.

이화운이 안으로 들어섰다.

어둑한 그곳에는 알 수 없는 기관들이 가득했다. 아마도 이곳은 기관을 관리하는 이들이 수리와 관리를 하는 공간인 듯 보였다.

이화운이 천천히 걸음을 옮겼다. 그는 마음속으로 시간을 계산하고 있었다.

교대 근무자를 재우고 들어온 지 일각이 지났다. 다음 교대 시각까지는 반 시진 하고도 삼각이 남았다.

마음이 급했지만, 이화운은 서두르지 않았다.

급할수록 돌아가란 말. 결코, 그냥 흘려버릴 격언은 아니었으니까.

그쪽 통로 끝은 막혀 있었다. 주위를 살피던 이화운의 눈에 환기구가 보였다.

이화운이 훌쩍 뛰어올라 안을 살폈다. 어른 하나가 기어서 지나갈 수 있을 크기의 통로였다. 정신을 집중해서 안을 살폈지만 별다른 기척은 느껴지지 않았다.

이화운이 쇠창살을 뜯어내고 그 안으로 들어갔다. 좁은 통로는 미로처럼 복잡했다. 이화운은 옆으로 빠지지 않고 앞으로만 진행했다. 혹시 어쩔 수 없이 방향을 틀어야 할 상황이면 자신이 어느 방향으로 움직이는지를 정확히 기억했다.

그렇게 얼마나 진행했을까?

빠르게 기어가던 이화운이 동작을 멈췄다. 본능적인 위기감에 의한 것이었다. 저 앞 어둠 속에서 뭔가 자신을 노려보는 기분이 들었다.

꽈직.

이화운이 바닥을 내리쳤다.

동시에 정면에서 무엇인가 발출되었다.

쉭쉭쉭쉭쉭!

바닥이 부서지며 이화운이 아래로 떨어져 내렸다.

쇄애애애액!

머리 위로 강침이 스쳐 지나갔다. 보통 강침이 아니었다. 고수의 호신강기를 찢어버릴 수 있는 특수한 강침이었다.

아슬아슬하게 그것을 피한 이화운이 사뿐히 바닥에 내려섰다.

주위를 보는 순간 이화운의 등줄기가 섬뜩해졌다.

사방 벽은 물론이고 천장까지 수백 개의 칼날이 튀어나와 있었다. 위험천만한 기관 한가운데로 떨어져 내린 것이다.

이화운은 망설이지 않고 정면을 향해 몸을 날렸다.

투아아아앙!

그곳에 있던 수백 개의 칼날이 동시에 발출되었다.

창창창창창창!

이화운은 정면과 머리 위에서 날아든 검을 튕겨내며 벽을 향해 쇄도했다.

정면 벽에 붙는 순간 이화운은 벼락처럼 빠르게 돌아섰다. 어마어마한 속도로 검들이 날아들고 있었다.

창창창창창창창창창!

이화운은 날아든 검을 모두 쳐냈다.

다음 순간.

스르르릉.

이화운이 서 있던 벽이 돌아갔다.

새로운 공간이 이화운의 눈앞에 펼쳐졌다.

이화운은 직감했다. 눈앞에 진법이 펼쳐져 있다는 것을. 한 발만 움직여도 진법이 발동할 것임을.

"첩첩산중이군."

우우우웅.

진법이 만들어내는 나직한 기운.

하지만 거기에 담긴 뜻은 진정 무서웠다.

한 발만 디뎌 봐라. 죽음을 맛보게 해 줄 테니까.

이제 남은 시각은 반 시진이었다.

*　　*　　*

"단주님께 초지급으로 전서가 날아간 모양입니다."

전호의 보고에 설수린이 안도했다.

"다행이다."

"그럼요, 피까지 보셨는데. 팔은 괜찮으십니까?"

설수린의 팔에 붕대가 감겨 있었다.

"아파 죽겠다."

사실 이번 일로 전호는 설수린에게 놀랐다. 단지 스스로 팔을 벤 것 때문이 아니었다.

이번에 속임수를 쓴 것이 들통이 나면, 정말이지 그녀의 경력은 끝장이었다. 제아무리 제갈명이라 할지라도 쉽게 막아줄 수 없는 사안이었다. 하지만 그녀는 그것을 알고 있으면서도 실행에 옮겼다.

"곧바로 비영단에서 조사가 나올 겁니다."

"해야지. 강호의 평화를 위해서라면, 이 한 몸 바쳐야지."

뭐, 그녀의 과감한 이번 행동이 저런 설득력 없는 이유 때문이 아님을 전호는 잘 안다.

이건 그녀와 이화운과의 문제였다.

이화운을 위해서라면, 자신의 경력을 던져 버려도 좋다는 것을 증명해 보인 것이다. 물론 그녀는 그 사실을 부정하겠지만.

"정말이지 제 팔이 아니라서 다행입니다."

전호의 장난에 그녀가 피식 웃었다.

"나도 네 팔이 아니라서 다행이라고 생각해."

"예상한 반응이 아닌데요?"

"사람이 예상대로만 살 수는 없으니까."

이번에는 전호가 피식 웃었다.

"그거 아세요?"

"뭘?"

"대주님, 요즘 좀 변하신 거요."

"내가 변했어? 어떻게?"

"그냥 뭐랄까."

설수린이 바짝 긴장해서 전호를 응시했다.

"바로 지금, 이런 점요."

"응?"

"예전에는 이런 말 해도, 신경도 안 쓰셨잖아요. 한데 지금은 제가 무슨 말을 할지 신경 쓰고 계시잖아요?"

"아, 그런가?"

전호의 말을 듣고 보니 그런 것 같기도 했다.

"왜 그런 것 같아?"

전호가 미소를 지었다.

'그야 사랑을 하기 시작하셨으니까요. 사랑에 빠지면 자기가 남들에게 어떻게 보이는지 신경이 쓰이니까요.'

전호는 그런 속마음을 그대로 드러내지 않았다.

"그야 뭐 대주님도 아시잖아요. 애정에 너무 굶주리셔서."

"남자를 너무 굶어서 짜증 폭발이다?"

"폭풍전야죠. 그리고 그런 야한 말씀은 좀."

설수린이 한숨을 내쉬었다.

"일부 인정한다."

물론 그녀는 인정하지 않았다. 애정이 부족해서가 아니라, 요즘은 너무 넘쳐서 문제였으니까.

그런 마음을 굳이 전호에게 말하기는 그래서 이렇게 농담으로 넘어가는 것이다.

그녀는 저 멀리 보이는 맹주전을 응시했다. 오늘따라 그 모습이 두렵고 음산하게 느껴졌다.

그녀는 괜히 목청을 높였다.

"나 피까지 봤어요. 그러니 빨리 돌아와요!"

그리고 마음으로 덧붙였다.

힘내요, 당신.

* * *

이화운은 어쩔 수 없이 진법을 발동시켰다.

진법이 발동하자 마치 공간 이동이라도 한 듯 순식간에 주변 경치가 바뀌었다.

파도가 철썩이는, 갈매기가 나는 해변이었다.

바다 내음이 코끝을 자극했다. 만져 보니 진짜 바닷물이었다. 이 정도 실감 나는 진법이라면 최상승의 진법. 정말 조심해야 했다. 더구나 진법이 발동한 것을 알았을 테니, 최대한 빨리 이곳을 벗어나야 했다.

진법에서 가장 중요한 두 가지는 생문(生門)과 사문(死門)이었다. 말 그대로 들어가면 사는 문이 생문이고, 들어가면 죽는 문이 사문이었다.

따라서 진법에 갇혔을 때 해야 할 일은 하나, 생문을 찾는 일이었다.

이화운은 진법의 조예가 깊지는 않았다. 하지만 진법에 대해 알 만큼은 알았다. 넷째 사제인 임하령은 손재주만 좋은 것이 아니었다. 진법에도 조예가 깊었다. 진법과 관련해서 그에게 들었던 말이 있었다.

"상급의 진법일수록 사문은 생문처럼 위장되어 있습니다. 절대 그걸 잊지 마시고, 진법에 끌려다니시면 안 됩니다."

그 외에도 진법과 관련해 여러 조언을 들었다. 그것이 오늘 이 진법을 빠져나가는 데 도움이 되어 주기를 간절히 바랐다.

촤아아아앙.

저 멀리서 해일이라 불러도 좋을 정도로 거대한 파도가 밀려들었다.

이제 본격적으로 시작되었음을 깨닫고, 이화운은 마음을 다스렸다. 크게 심호흡을 한 후, 이화운은 덮쳐온 물에 저항하지 않고 몸을 실었다.

바닥까지 내려갔던 이화운이 다시 수면으로 떠올랐다.

주위로 몇 개의 모습이 보였다. 뒤집어진 배 한 척과 작은 나무판자, 그리고 물에 우뚝 솟은 나무 기둥.

우선 저 나무 기둥에 올라 주위를 살펴보고 싶은 욕망을 애써 참았다. 다음으로 끌리는 것은 뒤집어진 배였다. 배를 다시 뒤집어서 그 위에 타고 싶은 마음 역시 과감히 버렸다.

이화운은 훌쩍 몸을 날려 작은 나무판자에 올라섰다. 이화운이 선택한 그것이 바로 생문이었다. 만약 배나 기둥을 선택했다면, 파도는 끝없이 밀려들었을 것이고 더욱 찾기 어려워진 생문을 찾아 헤매야 했을 것이다.

스스스스스스.

주위 경치가 바뀌면서 이번에는 황무지가 펼쳐졌다. 사방을 가득 채웠던 물은 거짓말처럼 사라지고 없었다.

어슬렁거리며 모습을 드러낸 것은 늑대들이었다. 낮게 으르릉거리는 그것들은 며칠은 굶은 듯, 대번에 살기를 보였다.

이화운은 왠지 모를 위화감을 느꼈다.

강호인을 상대하는 진법에서 배고픈 늑대라? 늑대가 아니라 호랑이가 등장한다고 해도 쉽게 해치울 수 있는 사람들이 강호인들이었다.

그때 호시탐탐 기회를 노리던 늑대가 달려들었다.

늑대가 팔을 물었지만, 이화운은 반항하지 않았다. 본능적인 판단이었다. 이화운은 그냥 앞으로 걷기만 했다. 또 다른 늑대들이 달려들었다. 다리를 물고 옆구리를 물었다. 하지만 이화운은 아무 저항도 하지 않고 그냥 걷기만 했다.

그리고 모든 늑대가 한 번씩 이화운을 물었을 때.

스스스스스.

황무지와 늑대가 모두 사라졌다. 물려서 피가 흘렀던 상처도 거짓말처럼 나았다. 이화운의 선택은 옳았다. 덤벼드는 늑대들을 단 한 마리도 건드리지 않는 것, 그것이 바로 이번 관문의 생문이었던 것이다.

만약 늑대 한 마리라도 건들면 그 순간 사문에 들어서게 되었다. 그 순간 수천 마리의 늑대가 몰려들게 되는 것이다. 그것들을 상대하다가는 제아무리 고수라 할지라도 결국 내공이 고갈되어 죽게 될 터였다.

예전에 임하령에게 진법에 대한 여러 이야기를 듣지 못했다면, 제아무리 총명한 이화운이라도 제대로 생문을 찾아낼 수 없었을 것이다.

황무지가 사라지는 순간 이번에는 눈앞에 절벽이 펼쳐졌다. 어느새 그는 아찔한 절벽 끝에 서 있었던 것이다.

뒤에서 강한 바람이 불어왔다. 금방이라도 바람에 떠밀려 날아갈 것만 같았다. 본능에 따라 버티려던 이화운이 마음을 바꿔먹었다. 바람에 저항하지 않고 바람에 몸을 맡겨버린 것이다.

이화운의 신형이 바람을 타고 허공을 나는가 싶더니 이내 아래로 떨어졌다.

"진법이 압박을 해오면 일단 밀려주세요. 왜 그래야 하냐? 사람의 본성은 밀면 본능적으로 버티게 되어 있거든요. 강호인이라면 그런 반발심이 더하겠죠? 진법을 만드는 사람은 바로 그 점을 이용하는 것이죠."

이화운은 완전히 몸에 힘을 뺀 채 바람에 모든 것을 맡겼다. 이대로 추락하면 죽게 될 것임을 알았기에, 몸이 먼저 반응했다.

하지만 이화운은 아무 내력도 일으키지 않았다. 그저 무공을 배우지 않은 것처럼, 꿈속에서 하늘을 나는 꿈을 꾸듯이, 이 한없는 추락을 즐기고 있었다.

이윽고 그는 꽝, 하고 추락했지만, 아무 고통도 없었다.

이화운은 자리에서 일어났다. 일어난 곳은 어느 허름한 집의 침상이었다. 그야말로 장소는 변화무쌍하게 바뀌고 있었다.

만약 조금 전에 내력을 일으켜 추락을 막으려 했다면 끝없는 추락을 반복했을 것이다. 내력이 말라버렸을 때, 진짜 추락해 죽게 되는 것이다. 다행히 무사히 생문을 찾아냈지만, 다시 생각하니 참으로 아찔한 순간이었다.

이화운이 방 밖으로 나갔다.

노인 하나가 마당 평상에 앉아 새끼를 꼬고 있었다. 이화운을 보자마자 그가 다짜고짜 물었다.

"살고 싶으냐, 죽고 싶으냐?"

다시 떠오른 임하령의 조언.

"절대 진법이 묻는 양자택일의 질문에는 그 둘 중에서 대답하지 마세요. 둘 다 오답이니까요. 하지만 갑자기 물으면 둘 중 하나를 선택하는 것이 인간이거든요. 정답은 항상 밖에 있어요."

이화운은 전혀 다른 대답을 했다.

"이곳을 나가고 싶소."

다음 순간이었다.

스스스스스스스스.

주위가 비틀리며 경치가 바뀌기 시작했다.

진법이 사라지고 처음 진법에 빠진 그곳에 서 있었다.

드디어 진법을 파훼하고 나온 것이다.

기쁨을 누릴 여유가 없었다. 이화운은 빠르게 달리기 시작했다. 이미 진법이 발동했다는 보고가 들어갔을 것이고, 맹주전에 비상이 걸렸을 것이다.

이제는 이화운의 것이 된 쾌속보가 이름 그대로의 능력을 발휘하기 시작했다.

*　　*　　*

신충은 진법이 발동됐다는 보고에 곧바로 수하들을 그곳으로 파견했다. 그리고 자신은 호위와 보고를 위해 천무광이 있는 연공실로 돌아왔다. 연공실이 있는 건물에 들어선 그가 흠칫 놀랐다.

어디선가 피 냄새가 나고 있었다.

검을 뽑아든 신충이 신중하지만 빠른 걸음으로 천무광의 연공실로 달려갔다. 천무광의 명령으로 내부의 경계 인원은 모두 건물 밖으로 빼낸 상황이었다. 수하들부터 불러 모을까 생각했지만 그럴 여유가 없었다. 일단 자신이 먼저 사태를 파악하려고 마음먹었다.

연공실로 가까이 다가갈수록 피 냄새도 짙어졌다. 자연 그의 마음도 불안해졌다.

"맹주님."

연공실 밖에서 천무광을 불렀지만, 안에서는 대답이 없었다. 하지만 분명 안에서는 사람의 기척이 느껴졌다.

신충이 천천히 연공실 문을 열었다. 안의 상황을 본 신충이 깜짝 놀랐다.

그곳은 완전 피바다였다. 바닥에 널린 시체는 그 형체를 알아볼 수 없을 정도로 훼손되어 있었다.

신충은 옷으로 시체가 누구인지 알아보았다. 그녀는 바로 맹주의 전담 시비였다.

천무광은 등을 돌린 채 시체 앞에 서 있었다.

"……맹주님."

신충의 목소리가 떨렸다.

그는 천무광이 주화입마에 빠졌다고 확신했다. 그렇지 않다면 지금 눈앞에 펼쳐진 모습을 도저히 설명할 수 없었으니까.

천무광은 결국 검혼의 마성을 이겨내지 못하고 살인을 저지르고 만

것이다.

"크크크크크."

나직이 울려 퍼지는 웃음에 신충의 심장이 덜컥 내려앉았다. 듣는 이의 영혼을 자극하는 나직한 울음, 그것은 결코 사람의 웃음소리가 아니었다.

천무광이 천천히 돌아섰다.

시뻘건 두 눈에서 뿜어져 나오는 붉은 광채에 신충은 머릿속이 하얘졌다.

"맹주님!"

신충이 다급하게 소리쳤지만, 맹주는 전혀 자신을 알아보지 못했다.

쉬이이이잉!

천무광이 신충에게 달려들었다. 신충이 몸을 날려 공격을 피했다.

콰아아앙!

연공실 벽에 괴조가 긁어놓은 것처럼 기다란 손톱자국이 남았다. 천무광의 공격을 가까스로 피한 신충은 당황했다. 그의 머릿속에서 일단 이곳을 벗어나야겠다는 생각과 어떻게든 자신이 이번 일을 처리해야 한다는 두 가지 상반된 생각이 충돌했다.

이곳을 탈출해서 수하들을 부르면 천무광이 주화입마에 빠져 시비를 죽인 것이 외부에 알려지게 될 것이다. 그렇게 된다면 그는 명성에 치명적인 해를 입게 된다. 자신의 목숨보다 천무광의 명예를 생각하는 것, 그것이 바로 호위무사로서 그가 가진 충성심이었다.

'이곳에서 죽게 될지라도.'

그는 어떻게든 천무광의 폭주를 막아내어 진정시켜야겠다고 마음을 먹었다.

하지만 절대 쉽지 않은 일이었다. 광기에 휩싸여 미쳐 날뛰고 있었지만, 천무광의 무공 실력이나 움직임은 평상시 그대로였다.

퍽!

천무광의 일장에 신충이 주르륵 뒤로 밀렸다. 초절정에 이른 신충이었지만, 그렇다고 천무광을 이길 실력은 아니었다. 더구나 함부로 공격하지 못하는 지금 상황이라면 더욱 그러했다.

"쿠에엑!"

신충이 피를 토해냈다.

하지만 상처를 살피고 있을 겨를이 없었다. 천무광의 거센 공격이 이어진 것이다.

쾅쾅!

벽이 부서질 듯 흔들렸다. 그 엄청난 공격에도 무너지지 않는 유일한 이유는, 이곳이 천무광의 연공실이었기 때문이었다.

신충이 바닥을 굴렀다. 그가 있던 자리에 천무광의 발길질이 내리꽂혔다.

지축이 흔들리고 바닥이 갈라졌다.

신충은 절망했다. 그는 자신이 죽이려 한다 해도 이길 수 없는 상대였다. 그러니 이렇게 피하기만 하다가는 결국 당하고 말 것임을 잘 알았다.

콰아아아악.

신충이 벽으로 밀렸다. 그의 얼굴에 핏기가 사라져 있었다. 앞서 맞았던 일장에 큰 내상을 입은 것이다. 천무광이 천천히 그에게 다가섰다.

"맹주님."

신충은 최후를 각오했다.

"맹주님! 제발 정신 차리십시오! 저 신충입니다."

그의 애절한 외침에 천무광이 잠시 걸음을 멈췄다. 하지만 이내 괴소를 흘렸다.

"크흐흐흐."

신충은 죽음이 두렵지 않았다. 하지만 자신을 죽인 맹주가 밖으로 나가 살생을 저지르는 것은 두려웠다.

'얼마나 많은 사람이 죽게 될 것인가?'

결국, 맹주는 비참하게 죽게 될 것이다. 호위무인으로서 최악의 상황인 것이다. 자신도 죽고, 자신이 지키던 이도 죽게 되는.

"……맹주님."

신충은 자기 죽음이 그를 주화입마에서 깨울 계기가 되기를 바랄 뿐이었다.

"부디 본 정신을 되찾으시기를 바라옵니다."

천무광의 피 묻은 손이 그의 목을 움켜쥐려던 바로 그 순간.

빠악!

무엇인가에 얻어맞은 천무광이 저 멀리 날아가 바닥을 뒹굴었다.

신충이 깜짝 놀라 눈을 떴다.

천무광이 있던 자리에 낯선 복면인이 서 있었다. 물론 그는 이화운이었다.

"여긴 내게 맡기시오."

신충이 누구냐라고 물으려던 그 순간. 이화운이 그의 수혈을 제압했다.

스르륵. 신충이 그대로 잠이 들었다.

어차피 그가 깨어 있어 봤자 도움이 되지 않았다. 오히려 맹주를 위하는 마음에 일을 그르치게 될 것임을 이화운은 잘 알았다. 그래서 그를 재운 것이다.

이화운은 그를 연공실 밖에 눕힌 후, 문을 닫았다. 그리고는 문 옆에 있는 장치를 눌렀다.

쿠르르릉.

한차례 굉음과 함께 연공실이 완전히 잠겼다.

다시 이화운이 돌아섰을 때, 저 멀리 바닥에 처박힌 천무광이 몸을 일으키고 있었다. 두 눈에서 흘러나오는 새빨간 광채는 더욱 강렬하게 빛나고 있었다.

第九章
검혼흡수

天下第一

천무광의 광기 서린 웃음이 연무장에 낮게 깔렸다. 그것은 먹잇감을 발견한 배고픈 짐승의 울부짖음 같기도 했고, 스산한 밤바람에 실려 온 아기 울음을 닮은 고양이 소리 같기도 했다.

이화운은 한발 늦게 도착한 것을 안타까워했다. 물론 천무광이 스스로 막지 못할 정도의 위력을 지닌 것이라면 제시간에 왔다 하더라도 아무 도움이 되지 못했을 수도 있었지만, 그래도 지금 상황보단 나았을 것이다.

"맹주님."

이화운이 나직이 그를 불렀다. 평범한 목소리가 아니었다. 말소리에 내공을 실어 천무광의 이성을 깨우려고 한 것이다. 사신공 중 청룡의 무공인 청룡음(青龍音)이었다.

과연 천무광의 눈이 아주 잠깐 원래대로 돌아오는가 싶더니 그보다 훨씬 더 빠르게 다시 붉어졌다. 이화운 자신의 원래 목소리가 아니었기에 그 위력이 약하기도 했고, 검혼 자체의 힘이 너무나 커서 청룡음으로는 그를 깨울 수 없었던 것이다.

천무광이 살기를 내뿜으며 천천히 다가섰다.

이대로 두면 천무광은 미쳐 날뛰다가 혈맥이 터져 죽어버릴 것이 틀림없었다.

쇄애애액!

순간 천무광이 이화운을 향해 쇄도하며 쌍장을 내질렀다.

그는 정말 빠르고 패도적이었다. 한 수, 한 수에 담긴 힘은 어마어마했다. 스치기만 해도, 일반 고수들의 몸은 산산조각으로 찢겨나갈 그런 위력이었다.

꽝! 꽈아앙!

빗나간 장력에 벽이 진동했다.

장법이 통하지 않자 천무광은 검을 뽑아들었다. 그는 미쳐 날뛰고 있었지만 싸움에서의 판단력은 오히려 평소보다 더 정확했다.

쇄애애애애액!

천무광의 검에서 뿜어져 나간 시뻘건 검강이 장내를 휘몰아쳤다. 이화운이 몸을 날려 그것을 피했다.

무영신법이 아니라, 이화운 본래의 보법으로 피하고 있었다. 무영신법은 빠르고 은밀한 신법이었지만 싸움을 위한 신법은 아니었던 것이다.

이화운의 움직임은 그야말로 신묘했다. 겉으로 봐선 아슬아슬하게 강기를 피하는 것처럼 보였지만, 그만큼 효과적인 움직임을 펼치고 있었다.

이화운이 몇 차례 공격을 피하자 천무광의 두 눈이 더욱 붉어졌다.

이화운은 그를 구해낼 방법이 하나뿐임을 직감했다. 이화운이 검을 빼 들었다.

그의 검이 한 차례 강렬하게 울었다.

징—

그러자 천무광이 괴성을 내질렀다.

"크아아아아!"

천무광이 내지르는 괴성이 아니라 만혈검의 검혼이 내지르는 괴성이었다.

검이 검에 반응하는 것이다. 두 검 모두 혼이 깃들 정도의 명검이었기에 일어난 일이었다.

채애애애앵!

두 사람의 검과 검이 부딪치는 순간, 그들의 내력이 검을 통해 충돌했다.

좌아아아아앙!

천무광의 몸에서 시커먼 기운이 검으로 뿜어져 나왔다. 이 시도는 까닥 잘못하다간 검혼에 오히려 이화운 자신이 지배당할 수도 있었다. 하지만 천무광을 구할 방법은 오직 이 하나뿐이었다.

그렇게 두 사람의 내공 싸움이 시작되었다.

내공은 이화운이 천무광보다 훨씬 많았다. 십단화에 대환단까지 복용한 이화운의 내공이었다.

"끄으윽."

천무광의 입에서 비명이 흘러나왔다. 검으로 뿜어져 나왔던 검은 기운이 다시 몸 안으로 밀려들어 갔다.

이화운은 자신의 압도적인 내공으로 순식간에 밀어붙여서 일시에 검혼을 제압해 버릴 작정이었다.

바로 그때였다.

만혈검의 검혼이 천무광을 버리고 이화운의 몸 안으로 침입해 들어왔다. 천무광의 내공에서 분리된 검혼이 마치 연어가 상류를 향해 급류를 타고 올라가듯, 이화운의 내공 쪽으로 빠르게 넘어온 것이다.

생각지 못한 일이었고 앞서 천무광의 몸 안에 들어갔을 때와는 그 속도와 위력이 전혀 달랐다. 아까 그것이 그냥 돌멩이라면 이것은 벌겋게 달궈진 돌멩이였다.

콰아아악!

검혼은 순식간에 이화운의 몸으로 퍼져 나갔다. 의식적으로 막으려 했을 때는 이미 때가 늦었다.

몸 안으로 퍼져 나가는 이질적인 기운을 느끼며 이화운이 이를 악물었다.

*　　*　　*

비영단의 무인이 조사를 마치고 돌아가자 밖에서 기다리고 있던 전호가 재빨리 집으로 들어왔다.

"어떻게 됐습니까?"

“뭐 어떻게 돼? 내 연기력 알잖아?”

“그래서 이 걱정 아닙니까? 아니까요.”

“이 자식이!”

그녀는 전호에게 꿀밤을 때리려다 ‘앗!’ 하고 비명을 질렀다. 다친 팔을 들었던 것이다.

“그러게 마음을 곱게 쓰시라고요.”

“아무튼, 일단 조사는 끝.”

“그럼 가시죠.”

“어딜 가?”

“상처 소독하셔야지요.”

술 한잔 하러 가자는 뜻이었다. 보통 작전 중에 부상을 당하면 둘이서 술을 마시곤 했었다.

“생각 없다.”

“별일이네요.”

“별일은. 그럴 때도 있는 거지.”

사실 이화운과 맹주님의 생사가 어떻게 되었는지 모르는 상황에서 술이나 마시고 있을 수는 없었다.

대체 이 사람은 왜 아직도 돌아오지 않는 거지?

가는 길을 대자로 드러누워서라도 억지로 막았어야 했던 것은 아닌지. 별의별 생각이 다 들며 그를 보낸 것이 후회되었다.

“너무 걱정하지 마십시오.”

“응?”

“그 사람, 무사히 잘 돌아올 겁니다.”

“그렇겠지. 한데 어떻게 그렇게 확신해?”

“제가 사람 보는 눈이 있잖습니까? 관상학적으로 그 사람, 생명줄이 아주 길다고요.”

뭐 여자 얼굴이나 볼 줄 아는 전호임을 모르지 않았지만, 그런 말이라도 들으니 조금 위안이 되었다.

“그리고 이제 우리 이 공자가 강호를 구할 사람 아닙니까?”

섬서의 이화운이 악인으로 밝혀졌고, 호북의 이화운은 시체조차 찾지 못한 상황이니. 전호의 말이 옳았다.

“강호를 구할 영웅이 그렇게 쉽게 죽을 리가 있겠습니까?”

“그렇지?”

“그럼요. 절대 안 죽습니다.”

정말 그럴지도 모른다는 생각에 그녀의 기분이 좋아졌다. 정말 사람 마음이란 것이 이렇게 단순한데.

그녀가 한옆으로 걸어가 쌀을 퍼서 씻기 시작했다.

전호가 깜짝 놀라 물었다.

“뭐하시는 겁니까?”

“밥하려고.”

“배고프세요? 그 팔로 무슨 밥입니까? 이리 주세요, 제가 할게요.”

“아냐. 내가 직접 해주고 싶어서 그래.”

“정말요?”

“그래, 그 사람. 무사히 돌아오면 따뜻한 밥 한 끼 먹이고 싶어서 그래. 내가 직접 해서.”

그녀는 사실 한 번도 누군가를 위해 제대로 요리를 해 본 적이 없었다. 지난번, 어설프게 닭을 삶았던 것이 처음이었다. 하지만 그때 깨달은 바가 있었다. 누군가에게 요리를 해 주는 것이 생각 밖으로 의미가 큰일임을.

이런저런 이유를 다 떠나서, 그냥 그에게 밥 한 끼 해주고 싶었다.

그녀가 쌀을 씻는 모습을 지켜보며 전호가 옅은 미소를 지었다. 당연히 그도 그녀가 밥하는 모습을 처음 보았다.

"좋겠네요. 그 사람."

"당연히 그래야지. 이런 끝내주는 미녀가 지어준 밥도 먹고. 정말 좋겠지."

"부러워요."

"부럽긴. 너도 같이 먹을 텐데."

"꼽사리잖아요, 저는."

"너야 언제나 내 꼽사리지."

"하하하. 암요. 평생 우리 대주님 꼽사리로 살아갈 겁니다."

전호가 기분 좋게 웃었다.

저 전호까지 꼽사리로 만들며 해주는 밥인데.

쌀을 박박 씻으며 그녀가 나직이 말했다.

"……그러니 어서 밥 먹으러 오라고요."

* * *

천무광은 한옆에 정신을 잃고 쓰러져 있었다.

조금 전, 그의 몸을 지배했던 검혼은 이화운의 몸속에서 활개를 치고 있었다.

이화운은 앞서 천무광이 느꼈던 그 야릇한 쾌감을 느꼈다. 그보다 열 배, 백 배는 더한 강렬한 쾌감이었다.

하지만 이화운은 알 수 있었다. 그것은 죽음이 펼쳐지기 전의 마지막 화려한 만찬임을.

검혼이 머리 쪽 혈맥으로 침입하려 했고 이화운은 필사적으로 막았다. 하지만 검혼의 위력은 앞서 천무광을 침입할 때와 달랐다. 천무광의 몸을 한 번 지배하면서, 원래의 힘보다 훨씬 더 강해진 것이다. 거기에 이화운을 상대하면서 검혼은 스스로 겁을 먹고 있었다. 자신이 소멸하게 될까 봐. 그만큼 이화운과 그의 검이 내뿜는 기도는 낯설고 무서운 것이었다.

"끄으으윽!"

이화운의 입에서 비명이 흘러나왔다.

한계를 넘어선 공격에 이화운 역시 한계를 넘어선 인내력을 발휘했다.

온몸이 찢어지는 것만 같았다. 너무 고통스러워서 오히려 고통이 느껴지지 않을 정도였다.

그리고 검혼이 막 이화운의 뇌에 침범하려던 그 순간 그는 하나의 환영을 보았다.

사방에서 불이 나고 있었다.

자욱한 연기.

뜨거운 열기.

그래, 다섯 살의 그날이었다.

아버지의 얼굴이 보인다. 타버린 수염, 불에 덴 얼굴.

한구석에 무너진 기둥에 깔려 쓰러져 계신 엄마의 모습이 보였다.

나가지 않겠다고 발버둥 치던 기억. 엄마를 애타게 불렀다. 엄마를 데려가야 한다고. 엄마를 애타게 불렀다.

그 어린 나이에도 알았다. 이대로라면 엄마는 돌아가실 것이라고. 두 번 다시 볼 수 없을 것이라고.

"기다려라. 엄마를 구해 꼭 돌아오마."

아버지의 마지막 말씀이었다. 엄마를 구하기 위해 다시 집 안으로 뛰어들어 간 아버지는 끝내 나오지 못하셨다.

화마는 모든 것을 앗아가 버렸다.

남은 것은 절망과 슬픔, 고아란 현실. 그리고 아버지라도 못 들어가게 말렸어야 했다는 죄책감뿐이었다.

그날의 환상이 사라지며 주위가 어두워졌다.

이제 이화운은 어둠 속에 홀로 서 있었다.

그때의 두려운 마음이 떠올랐다. 외롭고 힘들었던 그때의 감정이. 아빠와 엄마가 보고 싶었다. 왜 이런 일이 자신에게 벌어졌는지 이해할 수 없었다.

구석에 쪼그리고 앉았다. 저 멀리 문이 열렸다. 어린 이화운은 더욱 웅크렸다.

누군가 걸어 들어왔다.

어린 이화운은 무릎 사이에 고개를 처박고 들지 않았다. 누군가 앞에 섰다. 뜨거운 열기가 느껴졌다.

고개를 들자 시뻘건 무엇인가가 서 있었다. 사람 모양을 한 그것은 마치 그날의 화마처럼 붉었고, 이글이글 타오르고 있었다.

시뻘건 그것이 웃고 있었다.

그것이 손을 내밀어 이화운을 안아 들려고 했다. 뜨거운 열기에 이화운은 눈을 질끈 감았다. 본능으로 알 수 있었다. 그것이 자신을 안으면 모든 것이 끝장날 것임을.

누군가 이화운을 안았다.

뜨거운 열기 대신 따스한 품이 느껴졌다.

이화운이 눈을 떴다.

자신을 안은 사람은 시뻘건 그것이 아니었다. 바로 설수린이었다. 자신은 여전히 아이의 모습이었지만, 설수린은 어른의 모습이었다.

뜨거운 그것을 막아선 그녀의 등이 화르르 타오르고 있었다. 하지만 그녀는 고통을 참아내고 있었다. 그 인내가 느껴졌다. 자신을 지켜주려는 그 마음이 느껴졌다.

그리고 그녀가 말했다.

약속해요, 꼭 살아 돌아온다고.

그 순간 이화운이 눈을 번쩍 떴다. 아주 긴 환상을 경험한 것 같지만 실제로는 눈 한 번 깜박일 시간이 지났을 뿐이었다.

이화운이 이를 악물었다.

이대로 죽고 싶지 않았다. 이딴 검혼에 지배당해 미쳐버리기 싫었다. 지기 싫었다. 그건 저 맹주도, 맹주를 지배했던 이 무시무시한 검혼도 아니었다.

자신의 운명에 지고 싶지 않았다.

자신의 삶에 지고 싶지 않았다.

그리고 그녀와 했던 약속을 지키고 싶었다.

이화운의 모든 심력이, 집중력이, 인내가 모두 발휘되었다. 그것은 인간이 낼 수 있는 한계선을 넘고 있었다.

"흐아아아아압!"

긴 기합과 함께 그는 머리로 올라오려던 검혼을 밀어냈다. 머릿속으로 막 침범했던 검혼이 다시 밀려 나갔다. 검혼은 강하게 반발했고 그 때문에 끔찍한 고통이 밀려들었다.

하지만 이화운은 이를 악물고 참았다.

억지로 억지로 검혼을 자신의 단전으로 밀어 넣었다. 온몸에 흩어진 검혼 하나하나를 다 찾아내서 밀어붙였다.

검혼은 극렬하게 저항했지만, 지금 이 순간 이화운의 의지는 만 명을 죽인 그 거대한 살의(殺意)보다 더 강했다.

검혼이 이화운의 단전에서 하나로 합쳐졌다.

다음 순간. 이화운은 자신이 지닌 모든 내공을 그것을 향해 쏟아부었다.

내공이 사방에서 검혼을 압박했다.

그리고 그 힘이 최고조에 이르렀을 때!

쾅!

이화운의 단전에서 검혼이 폭발했다.

침묵이 흘렀다.

억겁과도 같은 고요.

이화운은 사막에 홀로 서 있었다. 이화운은 바다에 홀로 서 있었다. 이화운은 세상에서 가장 높은 산의 정상에 서 있었다. 그는 이제 세상의 공간이 아닌, 자신만의 공간에 서 있었다.

이화운이 자신의 몸을 들여다보았다.

그것은 무공을 배운 이래, 처음 겪는 일이었다. 마치 투명한 물속에 자신의 몸이 들어선 것만 같았다. 혈맥 하나, 근육 하나가 또렷이 보였다. 그냥 느꼈던 것이 아니라 눈으로 볼 수 있었다.

그리고 보았다. 폭발한 검혼이 단전으로 녹아드는 장엄한 광경을.

검혼의 작용은 내공을 늘어나게 하는 것이 아니었다.

내공을 더욱 정순하게, 그 순도를 높이고 있었다. 내공 속으로 스며든 검혼은 이화운의 내공을 새롭게 태어나게 하고 있었다.

온통 새하얀 눈으로 뒤덮인 설산의 순수함처럼, 끝없이 펼쳐진 염전의 뜨거운 정열처럼, 뱃전에 서서 바라보는 광활한 바다의 신비처럼…… 이화운의 내공도 그렇게 바뀌었다.

"후우우우우."

이화운이 긴 한숨을 내쉬었다.

조금 전의 경험은 사신공의 대성을 이루던 것과는 다른 경험이었다. 좀 더 고차원적인, 좀 더 무공의 근원에 닿아있는 그런 숭고한 경험이었다.

이화운은 알 수 있었다.

자신이 한 걸음 더 나아갔다는 것을.

저 멀리 천무광이 죽은 듯 쓰러져 있었다. 이화운이 천천히 그에게 걸어갔다. 손목을 잡고 몸속을 살폈다. 다행히 큰 내상을 입지는 않았다.

그를 두고 돌아서 나가려는데 천무광이 정신을 차렸다.

"……잠, 잠깐."

그냥 나가려던 이화운이 발걸음을 멈췄다.

"……기다리게."

천무광의 힘없는 목소리에 이화운이 돌아섰다. 천무광은 이화운의 눈을 보았다. 혹시라도 두 이화운 중 하나가 아닐까란 생각을 했는데 두 사람 모두의 눈빛이 아니었다.

천무광 정도 되면, 눈빛만으로도 상대를 파악할 수 있었다. 눈앞의 복면 사내의 눈빛은 분명 한 번도 본 적이 없었다.

"맹주를 해친 것은 검에 깃든 검혼이었소."

목소리도 처음 듣는 목소리였다. 그 말을 남긴 채 이화운이 돌아서 걸어갔다.

"……멈추게!"

하지만 이화운은 멈추지 않았다.

이화운이 나가는 모습을 보며 천무광은 언젠가 이런 비슷한 일을 겪었던 적이 생각났다. 십삼회주에게 죽을 뻔한 그 날. 그때도 누군가 자신을 구해준 후 이렇게 사라졌다.

'오늘은 안 돼!'

하지만 이화운은 그대로 사라져 버렸고 곧이어 극심한 피곤함이 몰려들면서 천무광은 그대로 잠이 들었다.

*　　*　　*

식욕을 자극하는 향긋한 냄새에 이화운이 눈을 떴다.

한옆에서 도마질 소리가 들렸다. 침상에 누운 채 고개를 돌려보니 설수린이 요리를 하고 있었다. 그 모습에 자신도 모르게 입가에 미소가 지어졌다. 집으로 돌아왔을 때, 그녀는 기다리고 있었다.

"나 좀 자고 일어날게."

그녀를 보자 온몸의 긴장이 풀리며 잠이 밀려들었던 것이다.

생생히 생각났다. 그때 그녀가 보여줬던 표정이. 그 아름다운 얼굴에 담겨 있던 선의가, 그 반가움이. 그 따스한 미소가. 그 맑은 눈동자에 담겨 있던 눈물이.

이화운의 기척에 그녀가 돌아섰다.

"깼어요?"

"응."

이화운이 침상에서 몸을 일으켜 기지개를 켰다.

내공이 정순해진 탓이었을까? 몸이 날아갈 듯 가벼웠다. 아마 같은 무공을 사용해도, 좀 더 경쾌하고 더 강하게 사용할 수 있을 것이란 생각이 들었다.

"무슨 잠을 이렇게 늦게까지 자요? 밥 새로 지었잖아요."

정말이지 세상모르고 곯아떨어졌다. 정말 이렇게 푹 잠이 든 적은, 아마도 처음인 것 같았다. 항상 잠을 설쳤고 악몽을 꿨으니까.

부드러운 두 개의 시선이 허공에서 만났다.

"괜찮아요?"

그녀의 물음에 이화운이 그 특유의 미소로 답했다.

마지막 순간 그녀가 등장해 주지 않았다면 검혼에게 당했을 것이란 생각이 들었다. 그녀가 나타난 것은 이화운에게도 조금은 의외였다. 결정적인 순간에 누군가 등장한다면, 그건 돌아가신 부모님이거나, 사부, 혹은 사형제 중 하나일 것으로 생각했으니까.

그녀가 다시 돌아서서 하던 요리를 계속했다. 이화운이 무사함을 확인해서였을까? 그녀의 도마질 소리가 더 경쾌해졌다.

그때 이화운이 뒤에서 그녀를 감싸 안듯 다가서서는 그녀의 손에 자신의 손을 포갰다.

"도마질이 엉망이군."

과연 도마 위의 무는 삐뚤삐뚤 크기가 다르게 썰려 있었다.

이화운은 마치 시범을 보이려는 듯, 그녀와 함께 칼을 쥐고 무를 썰기 시작했다.

별것도 아닌 행동이었는데 설수린의 심장은 터질 듯이 뛰었다.

삭삭삭삭삭.

무를 다 썰었을 때 이화운이 뒤에서 물었다.

"다쳤군."

설수린이 천천히 돌아섰다. 걱정스러운 이화운의 눈빛이 그녀의 팔을 향해 있었다.

"괜찮아요. 그냥 스쳤을 뿐이에요."

"누가 그랬지?"

나직한 물음 속에 분노가 느껴졌다.

"왜요? 누군지 알면 복수라도 해주시게요?"

"어쩌면."

그녀는 이것으로 충분했다. 이화운의 눈빛에 담긴 걱정과 분노가 진심임을 느꼈으니까.

고마워요, 당신.

"눈부시게 아름다워서 검도 못 빼 들걸요?"

잠시 그녀를 응시하던 이화운이 고개를 내저었다.

"한심한 방법이었군."

그녀의 대답에서 제갈명을 어떤 방법으로 불러들였는지 알아낸 것이다.

정말 겁나게 눈치도 빠르시지.

이화운의 직설적인 한마디에 설수린이 입을 삐죽 내밀었다.

"이 머리로는 그 정도가 최상이라고요."

그녀의 말에 이화운이 피식 웃었다.

아무리 나를 놀려먹어도, 저 미소를 볼 수 있어서 정말 좋다.

이번에는 그녀가 물었다.

"갔던 일은 어떻게 되었어요?"

이화운이 간단히 어제 일에 대해 설명했다. 그녀는 요리하면서 그 이야기를 들었다.

"그러니까 검에 깃든 나쁜 혼이 맹주님께 들어갔는데, 당신이 빼내

준 것이네요."

"그럼 셈이지."

"뭐래요, 맹주님은?"

"내가 구해준 줄 몰라. 봤잖아, 약으로 눈빛과 목소리를 바꾼 것."

"참, 그랬죠."

지금은 이화운의 눈빛과 목소리는 원래대로 돌아와 있었던 것이다.

"한데 꼭 정체를 숨겨야 했어요?"

처음 맹주전에 들어간다 할 때만 해도, 당연히 숨겨야 한다고 생각했는데, 맹주의 목숨을 구하고 나왔다고 하니까 아쉬운 것이다.

"당신이 맹주님의 목숨을 구한 것을 알면……."

"알면?"

"적어도 수천 냥은 줬을 텐데. 아니죠, 더 줬을지도 모르죠."

"나 돈 많잖아."

설수린이 돌아서서 이화운의 말투를 흉내를 냈다.

"저는 필요 없습니다. 아, 듣자니 신화대주가 불철주야 맹을 위해 충성을 다한다는데, 그녀에게 대신 주시지요."

그녀의 너스레에 이화운이 피식 웃었다.

설수린이 웃으며 말했다.

"당신 강호는 못 구해도 적어도 맹주님은 구했네요. 아니지, 맹주님을 구한 것이 강호를 구한 것일 수도 있죠. 이번 일로 강호를 구한 것 아닐까요?"

"그랬으면 좋겠지만……."

"역시 아니겠죠?"

이화운이 고개를 끄덕였다. 아직 이번 일의 배후 모두가 살아 있었다. 이 일로 강호의 운명을 뒤집을 큰 흐름을 바꾸었다고 생각할 수는 없었다.

사신공을 모두 익힌 자신은 확실히 강했다. 이번 일로 내공이 정순해지면서 더 강해졌다.

하지만 그것이 대사형과의 생사대전에서 이긴다는 뜻은 아니었다. 사신공을 모두 익혔다지만, 그렇다고 다섯 번째 무공을 익히지는 못했다.

그 무공이 무엇인지조차 이화운은 아직 알지 못했다. 네 개의 무공을 조합해서 새로운 무공을 창안해야 하는지, 아니면 어딘가에 있는 무공을 새롭게 익혀야 하는지.

이런 상황에서 대사형과 삼호의 합작이라면?

그들이 준비한 회심의 한 수를, 과연 자신이 막아낼 수 있을까? 이번 일만 해도 거의 죽을 뻔했다. 상대가 상대이니만큼 절대 자신해선 안 되었다.

"한데 왜 맹주님께 말하지 않았어요? 섬서의 그놈과 전각주가 악인이라고."

만약 맹주에게 두 사람이 악인임을 알리면 당연히 맹주는 둘을 제거할 것이다.

"그러면 남은 자들은 더 끔찍한 일을 꾸밀 거야."

삼호의 반격은 상상을 초월하게 될 것이다. 상상도 못 할 계획으로 끔찍한 일을 벌일 것이다.

"차라리 두 사람을 살려서 이용하자는 말씀?"

그녀의 추측에 이화운이 고개를 끄덕였다.

그리고 이화운은 그 일에 자신이 직접 개입하는 것보다, 천무광과 제갈명에게 맡기는 것이 옳다고 판단했다. 호락호락한 사람들이 아니니, 알아서 대처할 것이다. 자신은 한 발 떨어져서 사태를 살필 것이다.

"저라면 다 말했을 것 같아요. 이러이러하니, 이러이러하시라."

"당신이라면 그렇게 했어야지."

"네?"

"입장이 다르니까. 난 목숨을 구해줬다고는 하지만, 나에 대해서 전혀 모르잖아. 그런 상황에서 일방적인 정보를 주면 그것이 왜곡될 수도 있거든. 내 의도를 파악하기 위해 심력 소모를 하다가 정작 놓치지 말아야 할 것을 놓칠 수가 있으니까."

생각지도 못했던 대답에 설수린은 다시 한 번 감탄했다.

"그런 생각까지 하고 살면 머리 안 아파요?"

"왜 머리가 아파? 그냥 팍팍 떠오르는데."

이화운의 입가에 살짝 장난기가 스쳤다.

"잘난 척하고 싶어서 살아 돌아왔죠?"

"어느 정도는."

설수린이 웃었고, 이화운은 미소를 지었다.

그리고 그녀가 직접 만든 요리가 탁자에 올라왔다.

"자요, 잘난 척도 배가 불러야 더 잘하죠. 한번 먹어봐요."

그녀가 만든 몇 가지 반찬은 보기에 제법 그럴듯해 보였다.

아픈 팔로 이 요리를 다 했다고 생각하니 이화운은 내심 감격스러웠다. 다시 한 번 환상에서 본 그녀가 떠올랐다. 불에 타오르면서도 자신을 안아주던 그녀의 모습이.

"직접 다 한 거야?"

"네."

괜히 무안했는지 그녀가 한 마디 덧붙였다.

"사람이 먹을 수 있는지는 모르겠네요."

이화운이 젓가락을 들자 설수린은 내심 긴장한 채 그 모습을 지켜보았다.

젓가락을 대려던 이화운이 힐끗 그녀를 쳐다보았다.

"같이 안 먹어? 혹시 독이라도 탔어?"

이 사람, 이제 농담도 곧잘 하는구나.

이화운이 한 입 먹었다.

"어때요?"

"맛있네."

"정말요? 그건 간도 제대로 안 봤는데."

"정말 맛있어."

왠지 뿌듯한 마음으로 설수린이 그 반찬을 집어 먹었다.

"우웩."

너무 짜서 그녀가 인상을 찡그렸다.

이화운이 장난스러운 미소를 지으며 말했다.

"혼자 먹기 아까울 정도로 말이지."

*　　*　　*

“그가 누군지 확인 못 하셨다는 말씀입니까?”

제갈명의 물음에 천무광은 고개를 끄덕였다.

“처음 보는 눈빛이었네.”

물론 목소리도 처음 듣는 목소리였다.

“게다가 아주 젊었지.”

설수린이 부상을 당했다는 소식에 그 즉시 맹으로 돌아온 제갈명은 곧장 맹주의 부름을 받았다. 정말 이렇게 빨리 돌아오지 않았다면 큰 일 났을 것이란 생각이 들 정도로 엄청난 일이 벌어졌던 것이다.

두 사람이 있는 곳은 여전히 사건이 벌어진 연공실이었다. 애초에 연공실 건물이 비었기에 이번 일을 아는 사람은 거의 없었다. 정말 믿을 수 있는 한둘을 제외하고는 현재 이곳은 완전히 봉쇄된 상황이었다.

제갈명은 치밀어 오르는 화를 애써 누르고 있었다.

‘감히 맹주를 노리다니!’

이미 예상하고 있었던 일이지만, 막상 실제로 일어나자 치미는 화를 참을 수가 없었다. 인근 지부에서 일어난 사건도 자신을 맹에서 끌어내려는 수작이었음이 틀림없었다.

제갈명은 애써 화를 눌렀다. 아니, 절대 화를 내지 않겠다고 다짐했다. 그만큼 화가 난 것이다.

“몸은 괜찮으신 겁니까?”

“괜찮네.”

하지만 대답과는 달리 검혼이 휩쓸고 나간 천무광의 몸 상태는 괜찮지 않았다. 진원지기(眞元之氣)가 크게 상하는 바람에 내공의 사용이 원활하지 않았다. 원래대로 회복하려면 적어도 일 년에서 길면 몇 년의 시간은 필요할 것만 같았다. 그것도 원래대로 돌아온다는 보장이 없었다.

하지만 천무광은 그 사실을 제갈명에게 말하지 않았다. 자신이 약해진 것은 그 누구도 알아선 안 될 일이라 판단한 것이다.

"맹주님을 구한 자가 혹시 이화운이 아니었습니까?"

제갈명은 맹주를 구한 사람이 두 이화운 중 한 명이라고 예측했는데, 천무광은 단호히 그에 대해 부정했다.

"절대 그 두 사람은 아니었네."

"맹주님께서 보신 것이 정확하겠지요."

"어쨌든 그자의 말에 따르면 내 몸에 침범한 것이 검혼이라고 했네."

"우승자에게 내린 그 검에서 나온 것이었겠군요."

"확실하네."

제갈명의 안색이 굳어졌다.

아무리 강력한 마검이나 사검이라 해도 검 자체만으로 천무광의 이지를 상실케 할 수는 없었다. 게다가 검혼이 제 마음대로 검을 떠날 리 없으니 결국 검에 어떤 대법을 걸었다는 뜻이었다. 엄청난 검에, 엄청나게 강력한 대법을.

"괜히 나 때문에 애꿎은 이만 죽었어."

천무광은 시비의 죽음을 진심으로 자책했다. 시체는 치워졌지만, 그곳의 핏자국은 여전히 남아 있었다.

"맹주님께서 죽인 것이 아니라, 검혼이 죽인 것입니다. 이번 일을 꾸민 자들이 죽인 것입니다. 그러니 너무 개의치 마십시오."

"그렇다고 해도 너무나 미안한 일이지."

"이번 일의 배후를 확실하게 쓸어버리는 것으로 그녀의 억울함을 풀어 주십시오."

천무광이 고개를 끄덕였다. 그의 두 눈에 분노가 일렁이고 있었다. 그냥 죽이려던 것도 아니고, 자신을 미쳐 버리게 한 자들이었다.

하마터면 신충은 물론이고, 맹의 수하들을 자신의 손으로 모두 죽여 버릴 뻔했다. 그 숫자가 수백이 될지, 수천이 되었을지 모를 일이었다.

그리고 마지막으로 정파 강호인들에게 합공을 당해 죽게 되었을 것이다. 그야말로 최악의 최후였다.

천무광이 두 주먹을 불끈 쥐었다. 그는 결코 이번 일을 꾸민 자들을 용서하지 않으리라 다짐했다.

"맹주님을 도운 자가 검혼을 없앤 것은 정말 놀라운 일입니다."

만약 그가 자신의 정체를 밝혔다면, 제갈명은 이것이 그의 자작극임을 의심했을 것이다. 그만큼 그 일은 힘든 일이었으니까. 하지만 상대는 정체를 밝히지 않고 그대로 떠나 버렸다.

"오 년 전의 그일까?"

질문을 던지고 있었지만 천무광은 속마음으로 그라고 확신하고 있었다. 그런 대단한 신위를 보여줄 사람은 이 강호에 많지 않을 테니까.

"그럴 수도 있고, 아닐 수도 있겠지요."

하나 마나 한 대답이었지만, 지금으로선 무엇 하나 확신할 수 없는 상황이었다. 사실 그의 정체보다는 내부의 문제에 집중해야 할 때였다.

문제는 전각주였다. 그가 이번 일에 개입했느냐, 하지 않았느냐의 문제.

제갈명이 깊은 생각에 빠져들었다. 앞에 천무광이 있었지만 잠시 그 사실조차 잊었다. 그리고 그는 한 가지 결론을 내릴 수 있었다.

"전각주가 포섭된 것 같습니다."

천무광의 눈빛이 반짝였다. 제갈명이 이런 중요한 문제를 함부로 결론 내릴 사람이 아님을 잘 알았기에, 그의 결론은 진실일 확률이 높았다.

"앞서 전각주를 죽인 것은 사도명을 그 자리에 넣기 위해서인 것 같습니다."

천무광의 믿음처럼, 제갈명은 제대로 길을 찾고 있었다.

"그러고 보니 왜 저를 먼저 죽이지 않고 전각주를 먼저 죽였는지 알겠습니다."

"설마?"

"네. 전각주를 바꿔치기해서 이런 일을 꾸미려고 한 것이지요. 비무 대회까지 모두 하나의 계획이었던 것 같습니다."

자신이 말해 놓고도 제갈명은 등줄기가 서늘해졌다. 아귀가 맞아 돌아가는 계략이 보통이 아니었던 것이다. 고수가 상대의 초식에서 실력을 알아차리듯, 군사도 상대의 계략으로 실력을 짐작할 수 있다.

'저쪽에 엄청난 괴물이 있군.'

비록 한 방 크게 얻어맞았지만, 상대가 대단하다는 사실을 알아차린 것은 큰 성과였다. 상대의 수준, 그것은 싸움에서 가장 중요한 정보였으니까.

맹주가 죽고 난 이후라면 전각이란 거대한 무력 단체는 그야말로 대단한 위력을 발휘하게 될 것이다. 차기 맹주가 추대되기 전까지 전각주는 최고의 권력자가 된다. 달리 말하면 차기 맹주 선정에 가장 큰 영향력을 미칠 수 있다는 것이다.

다시 제갈명의 머리가 빠르게 회전했다.

천기자의 예언에서 이화운이 강호를 구한다고 했지만, 그것만 믿고 무기력하게 있을 수는 없는 노릇이었다.

진짜 고수는 위기에 강하다. 그건 자신도 마찬가지다. 위기의 순간 최고의 생각을 해내는 것이 가장 훌륭한 군사이다. 그리고 그 생각의 끝에서 그는 하나의 계략을 떠올렸다.

"역으로 놈들을 칠 방법이 있습니다."

"어떤 방법인가?"

"우선 뇌옥에 갇혀 있는 죄수들이 필요합니다. 곧 참형에 처해질 자들로 말입니다."

"죄수들은 왜?"

"시체가 필요합니다. 맹주께서 직접 죽인 시체 말입니다."

그제야 천무광은 제갈명의 뜻을 짐작했다. 자신이 검혼에 미친 것으로 위장하자는 말이었다.

천무광이 벽 뒤를 힐끗 돌아보며 말했다.

"들었나?"

"네."

벽 뒤에서 나직이 대답한 사람은 신충의 심복인 조진(曺珍)이었다. 지금 신충은 부상에서 회복 중이었다. 치명적인 상처를 입었기에 한동안 치료에만 집중해야 할 상태인 것이다.

"그리고 맹주님에 대한 호위를 강화하겠습니다."

조진의 말에 제갈명이 재빨리 말했다.

"절대 그래서는 안 됩니다."

벽 뒤의 조진을 대신해서 천무광이 의아한 눈빛을 보냈다. 지금 적들은 자신의 생명을 직접 노린 상황이었다.

"평상시와 마찬가지로 움직여야 합니다."

제갈명이 두 눈에서 총기를 뿜어내며 차분하게 덧붙였다.

"상대가 얼마나 똑똑한지 알았으니, 이제 저를 믿어주십시오."

第十章
대마불사

天下第一

"긴히 드릴 말씀이 있습니다."

사도명의 집무실을 찾은 부각주 심권은 매우 조심스러웠다.

"무슨 일인가?"

"맹주전의 움직임이 심상치 않습니다."

"맹주전이?"

"맹주전에서 시체가 나왔습니다."

"시체가?"

사도명이 벌떡 자리에서 일어났다. 물론 과장된 연기였다. 맹주전에 대한 정보를 심권에게 흘린 사람은 바로 사도명 자신이었다. 물론 그것은 삼호로부터 계획된 것이었다.

"자세히 고하라."

"맹주전의 호위들이 은밀히 시체를 내 와서 처리한 것이 포착되었습니다."

"몇 구나?"

"십여 구가 넘습니다. 모두 참혹하게 훼손된 시체라고 합니다."

"맹주전에서 뭔가 일이 벌어졌군."

사도명은 일부러 일이 벌어졌음을 강조했다.

심권은 아무 대답도 하지 못했다. 정말이지 이 사실을 각주에게 전해야 할지도 한참을 고민했으니까. 맹주와 관련된, 그것도 이런 수상한 일에 잘못 개입되면 목이 열 개라도 무사하지 못할 것이다.

"본각에 비상을 걸도록. 비밀리에."

그 말에 심권이 깜짝 놀랐다. 시체가 나온 일은 심각한 일이 틀림없었다. 하지만 전각에 비상을, 그것도 비밀리에 비상을 거는 것은 그 이상으로 심각한 일이었다.

"그럴 필요까지 있겠습니까?"

심권은 일을 크게 벌이려고 보고한 것이 아니었다. 사도명 역시 은밀히 일을 처리할 것이라 믿어서였다.

"이보다 더 중요한 일이 어디에 있겠는가? 이 일로 나중에 큰일이 벌어지면, 자네나 나나 목이 열 개라도 모자랄 것이야."

심권은 여전히 과잉 대처란 생각이 들었지만 적어도 그 말에는 아무런 대꾸도 할 수 없었다. 어쩌면 그의 판단이 옳을지도 모른다는 생각이 들었다. 쉬쉬했다가 나중에 불벼락을 맞을 수도 있는 일이었으니. 어쨌든 각주에게 보고는 했으니 한 짐 던 기분이었다.

"알겠습니다. 곧장 시행하겠습니다."

"이번 일은 절대 외부에 발설하지 말도록."

"네, 명심하겠습니다."

심권이 집무실에서 물러났다. 그가 떠나자 잔뜩 심각하던 사도명의 얼굴에 흐뭇한 미소가 지어졌다.

이제 곧 천무광이 미쳐 날뛰게 될 것이다. 맹주전에서 시체가 나왔다는 사실은, 나중에 천무광을 죽이는 가장 큰 명분이 될 것이다.

'후후후, 이제 끝이 얼마 남지 않았군.'

창가에 선 사도명은 득의만면의 미소를 지었다. 그는 큰 소리로 웃고 싶은 것을 억지로 참고 있었다.

*　　*　　*

비슷한 대화가 삼호의 작업실에서도 나오고 있었다.

"맹주전에서 시체가 나오는 것을 확인했습니다."

육호의 보고에 삼호가 빠르게 물었다.

"몇 구나요?"

"십여 구가 넘는다고 합니다. 천무광이 검혼의 마성에 미쳐 버린 것이 틀림없습니다."

삼호가 심각한 표정으로 물었다.

"그들의 움직임은요? 맹주전의 호위에 변화가 있나요?"

"아닙니다. 아무 변화도 없다고 합니다."

그제야 삼호가 표정을 풀고 미소를 지었다.

"왜 웃으십니까?"

"호위에 변화를 주지 않은 것은 뭔가 감춰야 할 일이 벌어졌다는 것이지요. 만약 맹주전의 호위가 바뀌면 누군가는 관심이나 의문을 가지겠지요? 그건 감춰야 할 일을 저지른 쪽에서 바라는 바가 아니지요. 호위에 변함이 없다는 것이 그쪽 내부에 일이 벌어졌다는 뜻입니다. 그것도 감추어야 할 일이요."

제갈명의 한 수가 처음으로 삼호에게 먹히는 순간이었다. 제갈명은 이런 삼호의 판단을 예측하고는 맹주전의 호위를 강화시키지 않았던 것이다.

"천무광이 검혼에 당한 것이 확실해졌어요. 이제 천무광은 미쳐 날뛰게 될 겁니다."

"우린 어떻게 대응해야 합니까?"

"그냥 지켜보며 즐기면 되죠. 어차피 천무광은 죽게 되어 있어요."

덧붙여지는 삼호의 말에 섬뜩함이 느껴졌다.

"그는 역대 맹주 역사상 가장 비참하게 퇴장하게 될 거예요. 그리고 그 순간이 바로 우리가 무림맹을, 나아가 이 강호를 접수하는 초석을 다지는 순간이지요."

* * *

"요망한 것! 어서 우리 대주님을 내어놓아라!"

전호의 외침에 설수린이 내민 검을 거둬들였다. 전호는 짐짓 인상을 찌푸리고 있었지만, 얼굴 곳곳에 장난기가 가득했다.

"누구기에 우리 대주님으로 위장한 것이지? 대체 우리 대주님을 어디에 파묻었지? 우리 대주님이 무공 수련 따위를 할 리가 있느냐?"
그제야 무슨 장난인지 알아차린 설수린이 웃으며 말했다.
"하긴 요즘 내가 너무 농땡이를 쳤지."
"농땡이란 말로는 그 어마어마한 게으름을 설명하기에 너무 부족하지 않습니까?"
"임무에 바빠서 그랬지. 그러는 너는?"
"무도(武道) 대신 주도(酒道)를 익히느라 바빴지요."
"색도(色道)는 아니고?"
"추 소저 들을까 무섭습니다."
"이놈아! 나도 좀 무서워해라!"
그제야 전호가 히죽 웃으며 말했다.
"저야 원래 농땡이 아닙니까?"
"그러니까 우리 이제부터라도 열심히 하자고."
"그런데 수련을 해도 왜 여기서 하세요?"
그녀가 수련하고 있던 장소는 바로 이화운의 숙소 앞마당이었던 것이다.
"임무도 하고, 잃은 초심도 찾고. 일석이조지."
"이 공자는요?"
설수린이 턱짓으로 뒤쪽 화원을 가리켰다.
"수련 중이시다."
"그럼 그렇죠. 대주님이 자발적으로 수련하실 분은 아니죠."
"저 강한 사람도 하는데, 내가 안 하자니 양심에 찔려서. 가면서 그러더라. 수련이란 본래 하기 어려운 상황일수록 더욱 빛을 발한다고.

그러니 하는 척이라도 해야지."

사실 말과는 달리 그녀는 자발적인 수련을 하고 있었다. 그것도 꽤 열심히. 근래 무공 수련은 소홀했지만, 오히려 실력은 발전한 상태였다. 이화운 덕분이었는데 그 사실은 지난번 반면쌍귀 양소와의 싸움에서 확인한 바였다.

그녀는 모처럼 실력이 늘었을 때, 열심히 수련해서 확실히 무공을 끌어올리고 싶다는 생각이 들었다. 어쩌니 저쩌니 해도 그녀 역시 강호인이었다.

더 강해지고 싶다는 열망. 강호인이라면 누구나 지닌 마음이었다.

앞서 농땡이라고 말했지만, 그녀 역시 수련이라면 밤잠을 설쳐가며 하던 때가 있었다. 남자들에게 지고 싶지 않았던 그 시절에는 정말이지 수련에 미쳐 있었으니까.

그리고 결정적으로 약하기 때문에 이화운의 발목을 잡고 싶지 않았다. 그건 이화운이 아닌 누구에게라도 정말 싫은 일이었으니까.

이화운을 만날 무렵 그녀는 확실히 자만에 빠져 있었다. 여인의 몸으로, 또한 그녀 나이에 절정에 이른 사람도, 대주에 오른 사람도 찾아보기 어려웠으니까.

하지만 이화운을 만난 이후, 그런 자만심은 눈 녹듯 사라졌다. 그녀가 내린 결론은 이것이었다.

이 강호가 더 강하기를 요구한다면, 기꺼이 강해지기로.

*　　*　　*

그 시각 이화운은 자신의 숙소 뒷마당에 서 있었다.
검혼을 흡수한 후, 몸과 머릿속을 간질이는 무엇인가가 생겨났다.
이화운 정도의 고수가 되면 누가 말해주지 않아도 스스로 알 수 있었다. 발전할 수 있는 시기가 되었다는 것을. 검혼을 흡수한 것이 바로 변화의 계기가 되었다는 것을. 검혼을 받아들이면서 내공은 더욱 정순해졌고 몸은 한층 가벼워졌다. 그 과정에서 자신의 육체를 정확히 살펴볼 기회까지 얻었다.
이제 몸과 마음이, 그리고 그가 익힌 사신공이 꿈틀거리며 갈망하고 있었다.
발전하고 싶다고. 이제 때가 되었다고.
그리고 그 과정에서 가장 먼저 찾아오는 것은 어김없는 답답함이었다.
뭔가 명치를 꽉 틀어막은 것 같은 느낌. 기다란 가시가 목에 걸린 느낌. 왠지 답답해 빗속을 달리고 싶은 느낌.
그 답답함을 돌파하는 방법은 오직 하나, 수련이었다.
이화운은 눈을 감은 채 마음을 가라앉히며 자신이 익힌 모든 초식을 떠올리고 있었다.
사부가 전수한 사신공은 검과 도, 주먹과 창을 이용한 무공으로 그야말로 강호에서 가장 많이 볼 수 있는 네 가지 무공이었다.
하지만 그만큼 강한 무공이었다. 왜 강호에 검을, 도를, 창을, 그리고 권을 사용하는 이들이 가장 많겠는가? 그만큼 효과적이고 강하기 때문이다. 이화운은 가장 흔하지만 가장 강한 무공들로 대성을 이룬 것이다.

"후우우우."

길게 숨을 내쉰 이화운이 초식을 구사하기 시작했다. 도법과 창술은 검법과 권법을 응용해서 구사했다.

차분하게 시작된 움직임은 점차 격렬해졌다.

검 끝에 일던 미풍은 돌풍이 되어 주위를 휩쓸었고, 내딛는 걸음에 지축이 흔들렸다. 주먹에 담긴 힘은 절벽을 무너뜨릴 듯 강력했고, 날아오르는 몸놀림은 새처럼 빠르고 가벼웠다.

때론 가볍게, 때론 무겁게.

이화운은 무공이란 삶과 밀접한 관계가 있다고 믿었다. 검을 다루는 일을 악사가 악기를 다루거나, 철방의 장인이 쇠를 다루는 것과 다르지 않다고 생각했다.

분명 숙련된 손놀림 이상의 무엇이 필요한 일이다. 한 동작, 한 동작에 심혈이 담기고 영혼이 담겨야 한다. 그 행위가 오랜 세월 반복되다 보면 그것에서 큰 깨달음을 얻는 것이다.

누군가는 그런 말을 한다.

무공에서 가장 중요한 것은 무작정의 수련이 아니라 깨달음이라고.

옳은 말이다. 하지만 그것이 정말 옳은 말이 되려면, 그 '무작정의 수련'이 두 번째 중요한 것이 되어야 한다는 것도 알아야 한다. 피나는 수련이 없는 한, 결코 깨달음의 순간은 찾아오지 않을 테니까.

이화운의 움직임이 더욱 빨라졌다. 겉으로 봐선 별것 아닌 것처럼 보이는 동작 하나하나에 심오한 무학의 정수가 담겼다.

거친 폭풍이 되었던 그의 초식들이 다시 봄날의 미풍이 되었다가 이내 사라졌다.

"후우우우우우."

한바탕 초식을 마친 이화운이 다시 길게 숨을 내쉬었다. 무공에서 가장 중요한 것은 호흡이다. 시작과 끝, 둘 다 중요하지만, 무공 수련에서는 마무리가 더 중요하다.

호흡으로 몸을 다스리면서 앞서 펼친 초식을 떠올렸다. 분명 지금도 뭔가 달라졌고, 앞으로도 확실히 바뀔 것 같았다. 하지만 그렇다고 당장 눈에 띄게 바뀐 것은 없었다. 아직은 안갯속, 시간이 더 필요했다.

이화운은 서두르지 않기로 마음먹었다.

고수든, 하수든, 사람을 망치는 것은 하나같이 조급함이다. 조급함은 원래 얻어야 할 그것을 신기루로 만들어 버리는 악마의 비약이니까.

될 일은 때가 되면 이루어진다. 그때까지 최선을 다하는 것만이 결실을 취하는 얻는 유일한 방법이다.

무공 수련을 마친 이화운이 앞마당으로 걸어 나왔다.

설수린은 여전히 앞마당에서 가볍게 몸을 풀고 있었다. 이야기를 나누던 전호는 그곳을 떠난 후였다.

"이제 마쳤어요?"

"그래."

"그렇게 강한 사람이 무슨 수련을 그렇게 해요?"

"내가 강해 보이나?"

"또 어떤 말로 저를 황당의 늪에 빠뜨리시려고 슬슬 발동을 거시나요?"

이화운이 옅은 미소를 지으며 말했다.

"예전에 난, 스스로 참 약하다고 생각했다."

"내가 미쳐!"

"정말 그랬어. 하루에도 몇 번씩 그런 생각을 했지. 난 왜 이리 약할까. 그래서 그 약한 마음을 들키지 않으려고 무던히도 애썼다."

이화운이 진지했기에 자연히 설수린도 진지해졌다.

"약하다는 기준은 상대적이고 주관적이지 않나요?"

"하지만 개인에게는 그 주관적인 부분이 가장 중요하지 않겠어?"

하긴 그의 말이 옳다. 남이 어떻게 생각하느냐는 이차적인 부분이었다. 스스로 약하다는 생각이 들면, 자신은 약한 것이니까.

그가 말하는 약함은 무공의 약함이 아니었다.

바로 마음의 약함이리라.

"그래서 지금은요? 설마 지금도 그런 생각을 하나요?"

"글쎄. 예전만큼은 아니겠지만."

"마음이 저만큼 약할까요?"

그러자 이화운이 피식 웃었다.

"당신은 절대 약하지 않아."

"저를 얼마나 아신다고 그렇게 단정하세요?"

그러자 이화운은 하늘을 올려다보았다.

"저길 봐."

"하늘은 왜요?"

"하늘이 저렇게 푸르고 넓은 것, 그걸 의심하는 사람은 없잖아? 바다가 깊고 광활하다는 것을 다 알잖아. 산 정상에 오르면 기분이 좋아지는 것, 누구나 다 알잖아."
"그런데요?"
"당신도 그렇다고."
"네?"
"당신도 보면 알 수 있는 사람이라고. 보면 강한 사람이란 것을 알 수 있다고."
순간 설수린의 가슴이 울컥했다. 거창하게 하늘이나 바다에 비유하지 않더라도, 그가 얼마나 자신을 믿고 있는지 느낄 수 있었기에 감격한 것이다.
부끄러운 마음에 그녀가 고개를 숙였다. 귓불이 달아오르는 것이 느껴졌다.
그때 그곳으로 전호가 달려 들어왔다.
"대주님!"
그녀는 때마침 다시 나타난 전호가 고마웠다. 과연 내 오른팔답다.
전호에게 한마디 농담을 던지려던 그때, 그가 한발 먼저 심각한 소식을 전했다.
"큰일 났습니다. 맹주님께서 주화입마에 빠지셨습니다."
"뭐라고?"
"맹주님이 이성을 잃으시는 바람에 수십 명이 다쳤다고 합니다. 다행히 아주 잠깐 정신을 차리셔서 스스로 내공을 금제하셨고요. 지금 갑호령이 떨어져서 당장 애들 데리고 집합해야 합니다."
빠르게 소식만 전하고 전호가 다시 달려 나갔다.
그녀가 이화운을 돌아보았다.

“저도 가봐야겠어요. 나중에 봐요.”

이화운은 전호의 뒤를 따라 달려가려던 그녀의 팔을 잡았다.

분명 그녀를 제지하는 손길이었다. 순간 그녀의 머릿속에 한 가지 생각이 스쳤다.

“설마?”

이화운이 전음을 보냈다.

『맹주님은 주화입마에 빠지지 않으셨다.』

중요한 문제였기에 그녀 역시 전음으로 대답했다.

『설마? 주화입마에 빠지신 척하는 건가요?』

이화운이 고개를 끄덕이는 것을 보고서야 설수린은 안도했다. 그제야 이화운이 그녀의 잡은 팔을 놓았다.

『제가 강하다고요? 당신이 맹주님을 구한 것을 뻔히 알면서도 또 앞뒤 생각 안 하고 놀라서 달려가려고 했어요. 이렇게 아무 생각이 없는데 제가 강한가요?』

『갑자기 이런 소식을 들으면 누구나 그렇겠지.』

『당신은 아니잖아요?』

『나도 그럴 때 있어.』

『말만 마시고, 좀 보여주시라고요. 당신의 빈구석.』

농담으로 받을 줄 알았는데, 이화운이 진지하게 되물었다.

『보면 실망할 텐데?』

그녀는 이화운을 가만히 응시했다. 이화운은 그 시선을 피하지 않았다.

왜 실망한다고 생각하세요? 당신은 무엇인가를 좋아할 때, 완벽하기에 좋아하나요? 아니잖아요? 저도 그렇다고요.

이화운은 그런 자신의 마음을 알 리 없을 것이다. 하지만 그렇다고 말로 전할 수 있는 내용도 아니었다. 언젠가, 언젠가 벼 익듯 자연스레 알게 될 날이 올 수도 있겠지.

설수린은 저 멀리 맹주전 쪽으로 시선을 돌렸다. 시선과 함께 화제도 함께 돌렸다.

"지금 저곳에선 어떤 일들이 벌어지고 있을까요?"

* * *

천무광은 지하 뇌옥에 갇혀 있었다.

가장 악질적인 죄수를 가두는 그곳은 사방 벽이 만년한철로 되어 있었고, 맹주의 팔목과 다리에는 내공을 올리지 못하게 하는 금제가 채워져 있었다.

그 앞에 제갈명과 사도명이 서 있었다.

쇠창살 너머로 안을 들여다보는 제갈명의 표정이 심각했다.

"그렇게 강건하신 분이 주화입마라니. 대체 어떻게 이런 일이?"

제갈명의 탄식에 사도명이 한숨을 내쉬었다.

"워낙 상승의 무공을 익히신 분이시니, 단 한 순간의 실수로도 주화입마에 드실 수 있지요."

두 사람은, 아니 천무광까지 세 사람은 모두 연기를 하고 있었다.

제갈명은 그들의 의도대로 움직여주면서 이번 기회에 배후까지 일망타진하려고 마음먹은 것이다.

위험한 계획이었다. 당장 지금 이 뇌옥도, 저 금제환도 진짜였으니까. 물론 이 계획의 중심에는 천무광의 무력에 대한 굳건한 믿음이 있었다.

"그래도 목숨은 구하셔서 다행입니다."

말과는 달리 사도명의 표정은 굳어 있었다.

'젠장. 더 미쳐 날뛰다가 죽어버렸어야 했는데.'

운이 나빴다고밖에 할 수 없었다. 주화입마에 미쳐 날뛰다가 아주 짧은 순간 천무광이 정신을 차린 것이다. 사태를 파악한 천무광은 망설이지 않고 자신의 내공을 금제했다. 그리고 그 순간을 놓치지 않고, 무림맹의 고수들이 달려들어 그를 제압했다.

원래 계획대로라면 천무광이 수백 명을 학살하는 것을 구실삼아 합공으로 그를 죽였어야 했다.

'뭐, 아쉽긴 하지만 이 정도만 해도 충분해.'

이미 십여 구의 시체가 맹주전에서 나온 상태였다. 그것만 해도 그는 다시 맹주로 복귀할 자격을 잃었다. 아무리 주화입마에 빠졌다 해도, 십여 명의 무고한 목숨을 해친 것은 중죄였으니까. 하지만 사도명은 그 시체가 참형을 기다리던 흉악범들임을 알지 못했다.

사도명의 시선이 다시 천무광을 향했다.

천무광의 몰골은 엉망진창이었다. 이지(理智)를 잃은 두 눈은 썩은 동태눈깔처럼 흐릿했고, 입에서는 침까지 흘리고 있었다. 겉으로 봐선 완전 폐인이 된 것이다.

'어차피 그는 끝장났어.'

사도명은 애써 새어나오려는 웃음을 억지로 참았다.

“이번 일, 어쩌면 의도된 조작일 수도 있다고 생각하오.”

제갈명의 말에 사도명이 의문을 제기했다.

“대체 누가 감히 맹주님을 주화입마에 빠뜨릴 수 있단 말씀입니까?”

“지금부터 조사해 봐야지요.”

제갈명이 그곳의 경계를 담당하는 무인을 불러 소리쳤다.

“이곳 주위를 완전히 봉쇄하라. 내 허락 없이는 그 누구도 들이지 말도록. 억지로 들려는 자는 베어도 좋다.”

“명을 받듭니다.”

다시 제갈명이 사도명을 보며 말했다.

“전각을 마교와 사파의 접경지로 파견해 주셔야겠습니다. 마교와 사파에서 이 사실을 안다면, 반드시 난을 일으킬 겁니다. 사전에 전각에서 그들을 견제해야 할 겁니다.”

그러자 사도명은 단호한 태도로 거절했다.

“그럴 수는 없습니다.”

“무슨 뜻인지요?”

“맹주께서 변고를 겪은 이 마당에 본각의 전력을 외부로 빼낼 수 없다는 뜻입니다.”

두 사람의 팽팽한 시선이 허공에서 대립했다.

사도명은 내심 제갈명을 비웃었다.

‘나를 외부로 내보내고, 맹을 장악하시겠다? 어림없는 수작이지.’

그에게 외부로 나가란 말을 한 것은 그런 생각을 유도하기 위한 제갈명의 의도였다. 적당히 권력암투를 해 줘야 의심을 피할 수 있을 것이기에.

목적을 이룬 제갈명이 한발 물러섰다.

“제 생각이 짧았습니다.”

“아닙니다. 군사의 뜻은 충분히 마땅한 생각이십니다. 다만 선후의 문제에서 관점이 다를 뿐이겠지요. 자, 그럼 나중에 뵙겠소.”

사도명이 그곳을 걸어 나갔다.

그 모습을 지켜보는 제갈명의 입꼬리가 말려 올라갔다.

제갈명이 다시 뇌옥 안을 들여다보았다.

여전히 천무광은 넋을 놓은 얼굴로 그렇게 앉아 있었다.

세상에서 가장 대단하고 존귀한 미끼였다.

그리고 제갈명은 그 미끼를 이용해서 괴물을 잡을 것이다. 이 강호를 통째로 삼키려는 거대한 괴물을. 반드시 잡아낼 것이다.

그때 수하 하나가 달려와서 보고했다.

“원로원(元老院)에서 비상 회합을 소집했습니다.”

당연한 절차였다. 맹주의 명령권에 문제가 생기면 원로원이 나서는 것이 정해진 법이었으니까.

제갈명이 결연한 마음으로 그곳을 걸어 나갔다.

‘이제 승부다.’

* * *

같은 시각, 이화운과 설수린은 무림맹을 나서고 있었다.

“대체 이런 상황에서 어딜 가요?”

"만날 사람이 있어."

"누구요?"

"가 보면 알아."

하긴, 이 사람이 언제 갈 곳이 어딘지 알려주고 데리고 다녔나? 오늘은 또 무슨 일로 사람을 놀라게 하려고 이렇게 외출을 하실까?

물론 설수린은 이화운과 함께하는 외출이 좋았다. 그와 어깨를 나란히 하고 길을 걷는 것이 좋았다.

"와! 이제 한여름인데요?"

타는 듯한 쨍쨍한 햇볕이 좋다. 여름이 가지 않았으면 좋겠다. 그와 함께하는 이 시간도.

그녀는 슬쩍 이화운의 손가락을 쳐다보았다. 여전히 그의 손가락에도 원앙환이 끼워져 있었다. 볼 때마다 기분이 좋았다. 한편 불안한 마음도 들었다. 어느 날, 문득 봤는데 원앙환이 없으면? 정말이지 무척이나 섭섭할 것 같았다.

전호 말이 맞나 보다.

남녀 사이는 아무도 모른다더니. 가랑비에 옷이 젖듯 빠져드는 사랑도 있다더니. 자신도 모르게 그에게 빠져들고 말았다.

물론 그렇다고 그가 없으면 죽고 못 살 정도는 아니다. 당연히……아니겠지? 아, 이거 심각하군. 그런 확신조차 못 하다니.

그렇게 상념에 빠져 걷다 보니 어느새 목적지에 도착했다. 이화운이 그녀를 데려간 곳은 맹에서 멀리 떨어진 변두리의 작은 객잔이었다.

객잔이라면 무림맹 근처에 널리고 널렸기에 굳이 이곳까지 올 필요

가 없었을 터. 분명 다른 이들의 눈을 피해 이곳까지 온 것이 틀림없었다.

"대체 누군데요?"

"당신도 보면 알아."

"제가 아는 사람이라고요? 그러니까 더 궁금하잖아요?"

분명 이번 일과 관련된 사람을 만나러 왔을 것이다. 그도 알고, 나도 아는 사람은 몇 사람 없는데. 대체 누굴 만나러 온 것일까?

객잔 주인이 주문한 술과 안주를 가져왔다.

이화운이 자신의 잔만 채웠다.

"정 없이 혼자 마셔요?"

그녀가 자신의 잔을 채웠다.

"크. 독하다."

이 망할 객잔에서 가짜 술을 파나? 술맛이 유난히 쓰고 독했다.

"난 술맛, 괜찮은데?"

"그래요?"

"술이 너무 달면 맛이 없는 법이지."

그건 술고래들 이야기지요. 우리 같은 사람들은 그저 목으로 잘 넘어가는 달콤한 술이 최고라고요.

"그런데 누굴 만나러 온 거예요?"

"궁금하지?"

이 사람, 그걸 지금 말이라고!

설수린이 생글생글 웃으며 말했다.

"이렇게 웃음이 나올 정도로요."

그녀가 어금니를 꽉 깨물며 말했다.

"그러니 웃고 있을 때, 어서 말해줘요."

"마침 저기 오네."

사내 하나가 객잔 문을 열고 들어섰다. 그는 곧장 두 사람이 있는 곳으로 걸어왔다.

이화운의 말처럼 정말 그녀도 알고 있는 인물이었다.

"너? 여긴 어쩐 일이야?"

죽립을 눌러쓴 사내는 바로 정보 상인 서공찬이었다.

자신을 알아보자 그가 놀라 물었다.

"어떻게 알아봤어? 표나?"

설수린은 한심하다는 표정을 지으며 혀를 찼다.

"그걸 변장이라고?"

사실 변장은 그럴듯했다. 평소 입지 않는 옷에, 죽립까지 푹 눌러 썼으니까. 하지만 그가 잘 모르는 것이 있었다. 그의 걸음걸이는 특이했다. 약간 팔자걸음인데, 그것을 감추려고 억지로 일자로 걷는 듯한 느낌의 걸음. 어쨌든 자세히 보면 알아볼 수 있는 그런 걸음이었다. 게다가 이화운이 자신도 아는 사람이라고 했으니, 그녀는 단번에 그를 알아본 것이다. 이화운과 공통으로 알고 있는 사람이라고 해봐야 얼마 되지 않았으니까.

"됐고. 여긴 왜 왔어?"

"왜겠어? 장사꾼이 장사하러 왔지."

"설마?"

그러자 이화운이 입을 열었다.

"내가 그에게 정보를 하나 샀다."
"대체 언제요?"
부지런도 하시지. 맹주 구하느라 그렇게 바빴는데, 그 사이 서공찬이도 만났던 거야?
신출귀몰한 이화운이야 그렇다 치고. 그녀가 정작 궁금한 것은 무슨 정보를 샀느냐였다. 애써 궁금함을 참으며 그녀는 눈을 동그랗게 뜬 채 두 사람의 대화에 집중했다.
"거절하려고 했소. 정말이지 이 정보만은 안 팔려고 했지."
서공찬이 품에서 서너 장의 종이를 내놓았다.
"보통의 경우라면 절대 안 팔았을 정보인데……."
말끝을 흐리는 그는 분명 긴장하고 있었다. 평소답지 않은 모습이었다. 대체 무슨 정보이기에 저 자식이 이렇게 긴장한 것이지?
"이번만은 특별히 파는 거요."
서공찬이 이화운을 응시했다. 처음 볼 때부터 이화운에게서 어떤 독특한 느낌을 받은 그였다. 큰돈을 벌게 해줄 것 같은, 하지만 너무나 위험스러운.
과연 자신의 짐작대로 이화운은 위험과 큰돈을 함께 가져다주었다. 앞으로도 그럴 것이고.
이화운이 품에서 돈을 꺼내 그에게 전했다. 놀랍게도 그것은 만 냥짜리 전표 두 장이었다. 지켜보던 설수린이 깜짝 놀랐다.
헉! 이만 냥짜리 정보잖아?
액수를 확인하자 그녀는 대상이 누구인지 더욱 궁금해졌다.
돈을 받아 챙긴 서공찬이 곧바로 일어났다.

“고맙소.”

이만 냥이나 되는 정보를 팔았으면, 이런저런 잡설을 늘어놓았을 터인데, 그는 뒤도 돌아보지 않고 그대로 객잔을 떠났다. 설수린 역시 궁금함이 앞서 서공찬과 대거리할 마음도 생기지 않았다.

“대체 누굴 조사한 거죠?”

탁자 위에 놓인 서류를 내려다보며 이화운이 나직이 말했다.

“그들과 아주 깊은 관련이 있는 사람의 정보다.”

*　*　*

고기를 써는 삼호의 작업실에 또 다른 중대 보고를 가지고 육호가 찾아왔다.

“천무광이 아직 죽지 않았다고요?”

육호의 보고에 삼호는 의외란 표정을 지었다.

“뇌옥에 갇혔다고 합니다.”

“어떻게 죽지 않았지요?”

“미쳐 날뛰던 중 아주 잠깐 정신을 차렸다고 합니다. 그때 스스로 단전을 봉인했다고 합니다. 그 과정에서 부상자가 수십 명 나왔고요.”

삼호의 표정이 굳어졌다.

이번 일의 결과는 세 종류였다. 가장 좋은 결과는 천무광이 미쳐 날뛰다가 최대한 많은 숫자의 무림맹 무인들을 죽이고 자신도 죽는 경우다.

중간 결과가 적당히 죽이고 죽는 경우.

그리고 지금이 가장 나쁜 결과였다.

그녀의 기분을 풀어주려고 육호가 조심스럽게 말했다.

"상대가 천무광이지 않습니까? 이 정도만 해도 대성공이라 생각합니다. 더구나 이미 십여 구 이상의 시체가 맹주전에서 나왔습니다. 어차피 천무광은 이제 끝장입니다."

그제야 삼호는 굳은 인상을 풀었다.

"그래요, 당신 말이 맞아요. 최상의 결과는 아니었지만."

그녀는 아쉬웠다. 어차피 이긴 판이었다. 하지만 대마(大馬)까지 멋지게 잡아내고, 이겼으면 더 좋았을 판이었는데 결국 대마불사(大馬不死)였던 것이다.

"지금 원로원이 주관하는 비상 회합이 열리고 있다고 합니다."

"당연한 일이겠지요."

"혹시 그곳에도 우리 편이 있습니까?"

언제나 너무 많이 알게 되는 것을 경계하는 육호였지만, 그도 사람인 이상 어쩔 수 없는 궁금함도 있는 법이다.

삼호가 묘한 미소를 지으며 되물었다.

"그대 생각은 어때요?"

잠시 고민하던 육호가 확신하듯 말했다.

"있을 것 같습니다."

지금까지 이 조직이 보여준 대단함을 생각하면 분명 원로원에도 같은 편이 있을 것 같았다.

'그들 중에 일호나 이호가 있겠지.'

이것이 그의 솔직한 심정이었다.

그의 마음을 들여다본 사람처럼 삼호가 불쑥 말했다.

"만약 있다면 이호일까요? 아니면 일호일까요?"

"거기까진 모르겠습니다."

육호의 대답에 삼호가 묘한 미소를 지으며 대답했다.

"정답은 이호예요."

"과연!"

"자, 이제 다음 단계로 넘어갈 때가 되었군요."

다음 단계란 말에 육호가 침을 꿀꺽 삼켰다. 지금 단계만 해도 너무나 대단하고 무서웠다.

"이호는 벌써 움직였어요. 그리고 바로 이 사람이 이호입니다."

삼호가 육호에게 그 이름을 전음으로 보냈다.

이름을 듣는 순간, 육호가 깜짝 놀랐다. 경악한 그가 두 눈을 부릅뜬 채 떨리는 목소리로 물었다.

"……설마 그가 이호입니까?"

삼호가 웃으며 말했다.

"그리고 이호는 오늘 원로원의 비상회합에 참여할 거예요."

〈다음 권에 계속〉

수라왕

이대성 신무협 장편소설

NAVER 웹소설 인기 무협 『수라왕』,
책으로 다시 돌아오다.

산법에 뛰어난 재능을 지닌 명석한 소녀, 초류향.
진리를 깨우치고 숫자로 세상을 보게 된 소년,
그가 강호에 첫발을 내딛는다.

인물들의 외전과 뒷이야기를 정리한 설정집 수록!

dream books
드림북스

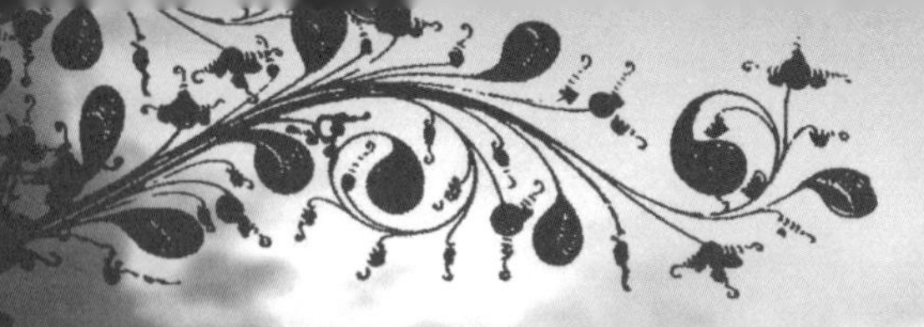

DREAMBOOKS

DREAMBOOKS

DREAMBOOKS